7/23
~~$2~~
$1-

KAMI

Mémoires d'une bergère teutonne

Du même auteur

Classifications raciales populaires et métissage: essai d'anthropologie cognitive. Centre de recherches caraïbes, Université de Montréal, 1973.

Voyage au pays des merveilles: quatre autobiographies d'immigrants. Collection Mercure, N° 25, CCECT, Musée national de l'Homme, Ottawa, 1978.

Proverbes du Rwanda (en collaboration avec Simon Biùimana). Annales du Musée Royal de l'Afrique Centrale, Tervuren, Belgique, 1979. (Ouvrage qui s'est mérité le prix Georges Bruel 1980.)

Du fond du cœur: l'art populaire au Canada. Musée national de l'Homme, Ottawa, 1983 (en collaboration sous ma direction). Traduction anglaise: *From the Heart: Folk Art in Canada.*

Parole et sagesse: valeurs sociales dans les proverbes du Rwanda. Annales du Musée Royal de l'Afrique Centrale, Sciences humaines, N° 118, Tervuren, Belgique, 1985.

Médecine et religion populaires. Folk Medicine and Religion. Coll. Mercure, N° 53, CCECT, Musée national de l'Homme, Ottawa, 1985, éditeur.

«La mythologie selon Lévi-Strauss et Dumézil». *Canadian Folklore Canadien 5* (1983): 21-37.

Danseries. Portrait de notre culture. En collaboration avec Carmelle Bégin. Musée canadien des civilisations, Hull, 1989. Traduction anglaise: *Dance. Roots, Ritual and Romance.*

Signes des Vents. La collection de girouettes du Musée canadien des civilisations. Musée canadien des civilisations, Hull, 1990. Traduction anglaise: *Pointing at the Wind. The Weather-Vane Collection of the Canadian Museum of Civilization.*

Jeux du vent. La collection des vire-vent du Musée canadien des civilisations. Musée canadien des civilisations, Hull, 1991. Traduction anglaise: *Playing with the Wind. The Whirligig Collection of the Canadian Museum of Civilization.*

Rwanda: le kidnapping médiatique. Vents d'Ouest, Hull, 1995.

De nombreux articles, préfaces et recensions.

Pierre Crépeau

KAMI

Mémoires d'une bergère teutonne

Les Éditions David remercient le Conseil des Arts du Canada, le Bureau franco-ontarien du Conseil des arts de l'Ontario et la Municipalité régionale d'Ottawa-Carleton.

Les Éditions David remercient également
Coughlin & Associés Ltée,
le Cabinet juridique Emond Harnden,
la Firme comptable Vaillancourt ♦ Lavigne ♦ Ashman ♦ Bekolay

Données de catalogage avant publication (Canada)

Crépeau, Pierre, 1927-
    Kami : mémoires d'une bergère teutonne

ISBN 2-922109-20-8

        I. Titre.

PS8555.R462K35 1999   C841'.54   C99-900543-X

PQ3919.2.C73K35 1999

Couverture : Pierre Bertrand et Yves Théberge
Typographie et montage : Marie-Andrée Donovan

Le Conseil des Arts   The Canada Council
du Canada   for the Arts

À Ange-Aimée
qui sait si bien
me faire rire

Remerciement

Madame Claire-Aline Lévêque a lu mon manuscrit avec beaucoup d'attention et m'a fait de
nombreuses et judicieuses suggestions. Qu'elle
trouve ici l'expression de ma gratitude.

AVANT-PROPOS

JE M'APPELLE KAMI. Je suis un berger allemand femelle. Comme cela ne sonne pas très bien, je me suis donné le titre de bergère teutonne. Je suis une bergère teutonne de race, avec pedigree à l'appui.

J'ai quinze ans. Parvenue au déclin de ma vie, j'ai cru bon d'écrire mes mémoires. Les lira qui voudra. J'y peins mes maîtres avec une tendre impertinence et j'y plaisante la gent canine avec une souriante perfidie. Mes souvenirs foisonnent: il y en a des drôles et des tristes, des doux et des féroces, des graves et des anodins. La tendresse est le fil d'Ariane qui les unit.

On se moquera sans doute de moi: une obscure chienne de village écrire ses mémoires? Bien sûr, je n'ai pas la stature internationale d'un Milou, d'un Snoopy, d'une Lassie ou d'un Idéfix. Et alors? Les mémoires auraient-ils été inventés pour satisfaire uniquement les instincts narcissiques des grands?

Pourquoi serait-il interdit à une humble villageoise de raconter sa vie et celle de son entourage?

Nous, les bêtes, nous faisons rarement entendre notre voix chez les hommes. Si les livres écrits par les hommes sur les animaux pullulent, on ne peut guère en dire autant des livres écrits par des animaux sur les hommes. Et pourtant, nous en savons des choses! Car nous avons tout le loisir d'observer et de disséquer les comportements de nos maîtres et de nous amuser follement de leurs petites manies. Celui qui s'accordera le plaisir de me lire se rendra compte que, au fond, les bêtes sont parfois plus humaines que les humains et les humains, plus bêtes que les bêtes.

Je m'efforce de pratiquer le beau langage que mes maîtres m'ont appris. Mais, étant de race canine, j'écris avec mes griffes. L'humain lecteur, s'il est clément, me pardonnera mes cynomorphismes. S'il se prétend acerbe critique, il n'a qu'à ravaler son fiel: j'écris pour plaire aux amoureux des bêtes, curieux de leur nature et de leurs relations avec les humains. Mon maître, qui se croit cynophile averti, a lu mon manuscrit et m'affirme l'avoir trouvé divertissant.

ÉMERGENCE

JE NAQUIS, par un froid matin de janvier 1972, dans le sous-sol d'une grande maison perdue, loin de la route, dans un vallon joliment boisé.

Quel choc ! Quelle épouvante !

Plop ! et me voilà projetée dans un vide glacé, rude, sec, hostile. Ma mère me dégagea vivement le museau de la membrane qui le recouvrait et je sentis soudain un fluide frais se répandre dans tout mon corps. Hallucinant ! Tout un voyage ! C'est moi qui vous le dis !

Transie de froid et de peur, je crus que ma courte existence allait se terminer là, lorsque quelque chose se glissa sous moi, quelque chose qui ressemblait à une fourche aux dents souples, douces et chaudes, une main d'homme, m'apprit plus tard ma mère. Cette main me souleva très haut et me transporta à mille lieues dans un panier où grouillaient déjà mon grand frère et deux de mes sœurs. J'étais la quatrième d'une nichée de six.

Je ne voyais rien. Je n'entendais rien. Je me dirigeais à tâtons. Déjà mon grand frère essayait d'imposer sa loi. Il nous piétinait sans vergogne, nous bousculait sans pitié et nous envoyait rouler dans des dégringolades vertigineuses.

La main d'homme apporta une autre petite sœur. Cela allait durer combien de temps encore? Je commençais à éprouver une drôle de sensation, comme une sorte de creux dans le ventre, un creux qui ne faisait pas mal, mais qui incommodait et qui forçait l'attention, tant et si bien que je ne pouvais plus penser à rien d'autre. J'appris plus tard que ce malaise s'appelle la faim.

Enfin, au bout d'une éternité, la main d'homme prit le panier, nous leva très haut dans les airs et nous ramena près de notre mère. Je me collai aussitôt à son corps chaud, fouillai son ventre, trouvai une tétine et je me mis à sucer goulûment. Quelle béatitude!

Mais brève la béatitude! Je sentis soudain qu'on me grimpait sur le dos, qu'on me poussait, qu'on me tirait les oreilles pour m'arracher à ma source de vie. C'était mon frère. Encore celui-là! Je lui résistai du mieux que je pus, mais je finis par perdre l'équilibre et roulai sur mes sœurs. Vous décrire la bousculade qui s'ensuivit! Au point que ma mère, impatientée, mit subitement fin au repas.

Dès ce moment, je conçus pour mon frère une irréductible aversion. Je décidai que mes sœurs et moi, nous allions nous serrer les coudes et lui faire son affaire au frangin: ne plus lui laisser aucun répit, le harceler sans trêve, lui faire perdre la tête, le rendre fou de rage.

À bien y penser, les familles mixtes ont un certain avantage: la promiscuité masculine développe chez nous, les filles, une nécessaire agressivité en nous apprenant à nous battre, dès le plus jeune âge, contre la domination des mâles. Une nichée de filles sans garçon formerait une société égalitaire, sans violence, où seules la médisance et la calomnie auraient droit de cité. Nulle ne pourrait y exercer sa domination et nous serions privées d'un apprentissage important de la vie canine.

Entre les repas, je ne faisais que dormir. D'un sommeil creux, vide de rêves. Trop petite pour rêver! Le rêve, dit-on, est l'apanage des grandes personnes. Il faut avoir peiné, aimé, ri, pleuré, ragé, pour savoir rêver. On ne peut pas rêver quand on ne sait rien, qu'on n'a encore rien fait, rien manqué, rien subi.

Après la tétée, ma mère me roulait sur le dos, me léchait tendrement le ventre et le derrière pour me faire éliminer. Il paraît que, sans cela, j'aurais littéralement implosé.

Les jours passèrent à téter, à évacuer, à dormir et à batailler. Toute ma vie se déroulait dans le chaud confort d'un espace purement tactile, dans un monde restreint de ténèbres absolues et d'insonorité totale.

Un bon matin cependant, il se passa quelque chose de bizarre. Il me sembla que le noir intense de ma nuit d'aveugle devenait gris. De petites poussières lumineuses se mirent à sautiller devant moi. Puis de pâles lueurs fugitives allaient et venaient, comme des aurores boréales, donnant naissance, à petites doses, à une aube imprécise. Des ombres se mirent à danser devant moi, à courir devant mes yeux. Je fus prise de vertige. Des formes s'ébauchèrent, des contours cernèrent les formes, des images apparurent dans les contours. L'aurore se levait: je voyais.

Puis, la découverte de la lumière me fit connaître l'espace. J'aperçus le monde, vaste à l'infini, et me vis, moi, toute petite dans cet univers sans mesure. Avant ce jour-là, comme je me guidais surtout par le toucher, je percevais le monde en vase clos, pour ainsi dire. Je n'avais aucune idée des horizons lointains ni du ciel inaccessible. Mon univers se limitait à mes perceptions tactiles: ma mère, mes sœurs, mon détestable frère, le sol, sec et dur, et la main de l'homme, si douce, si tendre. La vue me projetait subitement hors de moi. Depuis lors, je perçois le monde à distance, comme une toile qui se déroule devant mes yeux. Les êtres se meuvent dans un univers vaste et plat. L'homme, à ce que l'on dit, a un champ de vision plus étroit et plus profond que le nôtre. Si notre regard peut, d'après les cynologues respectés, englober un champ de deux cent soixante-dix degrés et celui de l'homme un champ de cent degrés, par contre, la vision binoculaire de l'homme surpasse la nôtre de beaucoup. Il estime mieux la distance et peut faire le point sur un objet précis. Il connaît la perspective que nous ignorons. La vue prime chez l'homme; chez nous, les chiens, l'odorat domine.

Quelques jours après avoir perçu la lumière, je faisais la découverte du son. Une autre expérience pas banale! Des bourdonnements confus vous assaillent soudain et vous entrent dans la tête par les oreilles. Puis, petit à petit, ces bourdonnements indistincts deviennent des sons précis qui vous entrent dans la mémoire. Progressivement, vous apprenez à reconnaître les divers sens rattachés aux sons. Vous dire l'horreur que j'ai ressentie le jour où, pour la première fois, j'ai reconnu la voix hargneuse de mon frère! Ce jour-là, j'ai même désiré ne plus jamais entendre. Car il se trouve que nous, les chiens, nous avons l'oreille hypersensible, capable d'enregistrer trente cinq milles vibrations à la seconde. L'homme, paraît-il, n'en peut percevoir plus de vingt mille. De plus, du moins en ce qui me concerne, je peux obturer mon oreille interne pour isoler un son particulier du bruit d'ambiance. Que de fois m'a-t-on vue dresser l'oreille dans ce qui semblait le silence absolu!

La découverte de la lumière et celle du son furent pour moi des expériences d'une extrême importance dont je garde un souvenir ému. Le brouillard se levait; j'émergeais à la vie.

PEDIGREE

PEU DE JOURS après ma découverte de la lumière, alors que je jouais à mordiller la queue de ma mère, une folle panique s'empara soudain de tout mon être. Deux immenses colonnes s'avançaient vers moi. Surgies de nulle part, elles se plièrent et je vis qu'elles portaient un tronc surmonté d'une boule presque ronde et flanqué de deux membres articulés. L'un de ses membres s'avança vers moi et, au toucher, je reconnus la main de l'homme. J'allais faire la connaissance de ma famille humaine.

Un bien drôle de couple, en vérité! Lui exerçait la médecine, pas pour guérir les gens de leurs maladies, mais pour corriger les accidents de la nature. Les humains appellent ça la chirurgie esthétique. Toujours vêtu comme une carte de mode, il partait le matin pour le travail et rentrait le soir tout aussi propre, comme s'il n'avait rien fait de la journée.

Elle, c'était un phénomène! D'une beauté! À faire damner un saint Antoine ermite! Mannequin, elle ne travaillait pas; elle se pavanait dans de beaux vêtements pour donner aux autres femmes l'envie d'en porter de pareils. Toujours vêtue excentrique, elle portait des bijoux à rompre le cou vigoureux de

23

mon père. Quand elle revenait du travail le soir, c'était une fête. Dans son beau costume blanc, ou beige, ou rose, elle s'accroupissait près de ma mère et alors nous commencions nos ascensions et nos dégringolades de sorte que, lorsqu'elle nous quittait, son costume prenait le chemin de la réserve pour les disciples d'Emmaüs.

Tous les deux ne parlaient que de chiens, jamais de leurs métiers. Ils faisaient l'élevage de bergers allemands et cherchaient à fignoler la race en la métissant de danois. J'aurais bien aimé voir le résultat d'un tel métissage: mi-berger teuton mi-dogue teuton, ça devrait donner tout un bâtard de teuton!

Moi, je suis une chienne de race. Je ne suis ni une chienne de ruelle, ni une bourgeoise métisse. Mon père, berger allemand herculéen, mesurait soixante-quatre centimètres et demi de hauteur au garrot et pesait quarante-huit kilos. On n'en avait jamais vu d'aussi puissant dans tout le canton: un coffre profond, épais, robuste, comme un poitrail de cheval; des épaules bien droites, longues et musclées; des pattes de devant vigoureuses et bien plantées à la verticale; des pattes de derrière inclinées et nerveuses; des pieds immenses, bien arrondis et solidement posés sur des coussinets épais et fermes; un poil dur, dru, noir teinté de feu; une grosse queue, touffue et droite avec tout juste un petit retroussis du fouet.

Ce corps gigantesque portait une tête magnifique, puissante, libre et fière: le front bombé écartait bien les oreilles immenses, haut dressées et tournées vers l'avant; les yeux noisette bleuté brillaient d'une intelligence tranquille; le profil rectiligne descendait jusqu'à la truffe, noire et constamment humide; des joues fermes mais non saillantes bandaient une gueule splendide, bien droite, aux lèvres fines et noires sur des dents blanches et régulières avec de terrifiantes incisives croisées en ciseaux; un cou fabuleux, sans même un soupçon de fanons, tellement massif que l'homme pouvait à peine en faire le tour de ses bras, laissait soupçonner une force et un courage à toute épreuve.

Ce corps ravissant se déplaçait à la manière d'un fauve. Sa démarche, souple, légère, calme et silencieuse, laissait à peine deviner la vigueur qui l'animait. Mon père se conduisait avec la nonchalance de quelqu'un qui avait le droit et la force de son côté. Sa seule présence suffisait à éloigner du domaine toute créature mal intentionnée.

Ma mère, plus petite que mon père, était cependant, elle aussi, une géante. Elle faisait cinquante neuf centimètres au garrot et pesait trente-sept kilos. Massive et musclée, elle ne manquait pourtant pas d'élégance. D'un caractère jaloux, elle n'avait pas sa pareille pour veiller sur sa nichée et sur le domaine de ses humains. Elle vouait une admiration et un amour sans bornes à mon père.

Tous deux formaient une paire inséparable, de race pure, avec des pedigrees longs comme ça. De vrais aristocrates! Les autres chiens trouvent parfois que je prends de grands airs. Je n'y peux rien, j'ai le sang bleu!

Il paraît que, chez les humains, il n'est pas de bon ton de prétendre qu'une race soit supérieure à une autre, qu'un individu puisse se croire supérieur à un autre en vertu du sang qui lui coule dans les veines. Mais ces mêmes humains ne cessent de fignoler les races animales, chiens, chats, vaches, cochons, chevaux, et j'en passe, avec un acharnement digne du plus tenace berger teuton: deux poids, deux mesures!

J'ai même entendu dire que certains de leurs grands savants s'inquiéteraient des progrès accomplis récemment dans leur propre génétique et des conséquences qui pourraient en découler dans les applications que des hommes mal intentionnés pourraient en faire. Mais ces mêmes savants n'éprouvent pas le moindre remords des souffrances qu'ils nous imposent à nous les animaux pour mener à bien leurs recherches. Tant il est vrai que ce que disent les hommes ne correspond pas toujours à ce qu'ils font.

De toute manière, les choses étant ce qu'elles sont, entre, d'une part, une obscure bâtarde ou une métisse prétentieuse et, d'autre part, une patricienne authentique avec pedigree à l'appui, il y a

tout un monde. Nos maîtres, hypocritement chatouilleux sur les questions des races humaines, re-
connaissent volontiers que des chiens de race ont un
tempérament plus raffiné et sont de compagnie plus
agréable.

La gent humaine a toujours été sourcilleuse de
ses origines. Quand l'un d'eux osa affirmer que
l'homme descend du singe, ce fut un tollé général.
Nul doute que nos maîtres tenaient mordicus à sortir directement de la cuisse de Jupiter sans avoir été
soumis aux lois de l'évolution.

Nous, les chiens, nous nous conduisons de la
même façon, tellement notre allélomimétisme est
puissant. Nous cherchons à tout prix à ressembler à
nos maîtres humains, à faire comme eux, à penser
comme eux. Nous aimons bien, de temps en temps,
remonter notre arbre généalogique pour y dénicher
un ancêtre à particule. On a longtemps discuté à savoir si nous descendions du loup, du chacal ou d'un
cynoïde primitif. Mais, tout compte fait, cela a-t-il
vraiment de l'importance? Nos érudits paléocyno-
logues peuvent discuter encore à perte de vue durant des millénaires, ils ne changeront rien à mes
convictions profondes. J'ignore ce qu'il en est des
autres races, mais je sais pertinemment que nous, les
bergers teutons, nous descendons du loup: impossible que nous descendions du chacal, cette bête hi-
deuse et maléfique; quant au cynoïde primitif, il
faudrait d'abord en prouver l'existence. Moi, j'ai la

ferme certitude, inscrite dans mes tripes, que le loup est le seul canidé digne d'être mon ancêtre.

Et l'histoire m'en apporte la preuve. Il paraît qu'à la toute fin du dix-neuvième siècle, le trois avril 1899, pour être exacte, un certain capitaine de cavalerie, du nom de Max Emile Frederic von Stephanitz (imposant nom à rallonge), se rendit visiter une exposition canine à Karlsruhe, dans le sud-ouest de l'Allemagne. Le capitaine observa longuement, assis aux pieds de son maître, un chien qui avait toutes les apparences d'un loup. Intrigué et émerveillé, il acheta l'animal et lui donna le nom de Horand von Grafrath. Ce Horand von Grafrath — attention à ne pas oublier la particule — est l'ancêtre éponyme, le numéro un de toute la lignée, l'unique aïeul de tous les authentiques bergers allemands.

Au dire du même von Stephanitz, qui passait pour l'un des plus grands cynologues de son époque, les origines de notre ancêtre commun, Horand von Grafrath, remonteraient à l'âge du bronze, ce qui ne date pas d'hier. Un certain individu, du nom de canis familiaris, aux traits lupoïdes, aurait vécu en Perse vers sept mille ans avant Jésus-Christ. Ses descendants se trouvaient en Europe vers l'an deux mille avant notre ère. Trois mille neuf cents ans plus tard, naissait l'ancêtre Horand, descendant en droite ligne de l'antique loup persan.

L'ADOPTION

Un soir d'avril, je vis arriver deux humains, mâle et femelle. Chez les humains, le mâle s'appelle l'homme; la femelle, la femme; les petits, les enfants. Moi, je trouve que ça complique les choses pour rien. Mais les humains prétendent, eux, que la complexité de la langue démontre une évolution plus accomplie. Leurs spécialistes du langage essaient de faire croire à tout le monde que le fait de pouvoir rabâcher la même chose de cinquante-six façons différentes prouve, d'une manière évidente, la supériorité des humains sur le reste de la création. Ce qu'ils peuvent inventer pour asseoir leur domination sur nous, les animaux! Par chance, sur le plan physique, nous sommes mieux équipés. Notre force, notre résistance, notre rapidité et notre agilité permettent à la plupart d'entre nous, de les surpasser à la lutte, à la course et à l'endurance. Mais je dois admettre que, par la vivacité de leur intelligence et par la force de leur volonté, ils peuvent mater les plus féroces d'entre nous.

Toujours est-il que je les vis arriver, un homme et une femme, entre deux âges, sans panache. Ils causèrent un long moment avec les maîtres. Puis, ils nous rejoignirent sur la galerie, derrière la maison. La femme s'exclama:

— Oh! les beaux petits chatons!

Des chatons! Il fallait y penser, non? Nous, des bergers teutons, nous appeler des chatons!

Au bout d'un moment, l'homme s'accroupit près de nous, sans bouger. Il nous regardait tous les six à tour de rôle. Mon mal élevé de frère se tenait dans son coin, hargneux et solitaire. On n'a pas idée de se méconduire ainsi devant la visite.

Curieuse, je m'approchai pour voir de plus près ces humains venus de loin. L'homme se laissa approcher sans broncher, ce qui me plut. Je lui mis une patte sur le bras et commençai à lui mordiller les doigts. Il se laissa faire, ce qui me plut. Ça collait entre nous. Il me chatouilla la truffe et me gratouilla derrière les oreilles, ce qui me plut énormément.

Par contre, je sentais, chez la femme, une sorte de crainte viscérale qu'elle tentait désespérément de dominer. Avec nous les chiots, ça pouvait aller. Elle nous touchait du bout des doigts, nous flattait le dos mais ne s'approchait jamais de notre truffe. Et comme elle se tenait éloignée de ma mère! Mon père, fermement tenu à l'écart par une énorme chaîne, nous surveillait du coin de l'œil. La dame serait sûrement morte de peur s'il avait pu s'approcher. Nous les bêtes, nous avons une partialité naturelle pour les humains qui nous font confiance mais, dès le premier contact, nous flairons ceux qui nous craignent et nous établissons sur eux notre domination.

— Celle-ci, dit soudain l'homme à la femme.

— D'accord, fit la femme.

Puis, ils me désignèrent à ma maîtresse et lui dirent qu'ils me prenaient.

— Excellent choix! dit ma maîtresse. Cette petite femelle indépendante, avec tout juste ce qu'il faut d'agressivité, vous fera une bonne compagne et une bonne gardienne.

De tout ce charabia, je compris que mes maîtres me vendaient comme une esclave. J'avais entendu des bribes de conversation à l'effet que, le temps venu, il fallait disperser la famille. Cette idée nous révoltait, nous les chiots, mais ma mère nous avait expliqué qu'elle n'y trouvait rien d'anormal et que ça se passait comme ça à chaque nichée.

— Alors, à quoi bon faire des petits, m'étais-je écriée, indignée, si les humains te les arrachent pour les disperser à tous vents et si tu ne les revois jamais plus?

— Ainsi le veut notre destin, avait répondu ma mère, résignée. Et, tout le monde le sait, le destin ignore la justice et la pitié!

Et, dans un murmure nostalgique, elle avait ajouté:

— Et puis, il y a le plaisir de les faire, ces petits.

L'homme et la femme avaient donc l'impression de m'avoir choisie mais, en réalité, c'est moi qui les avais choisis. Il paraît que, chez les humains, ça ne se passe pas ainsi. Les parents adoptifs décident unilatéralement; le petit n'a rien à dire dans le choix de sa nouvelle famille. Cela crée des traumatismes et, à ce que l'on dit, les adoptés en portent souvent de profondes cicatrices.

Il y eut encore des bribes de conversation et des échanges de bouts de papier. Puis, ma maîtresse me prit et me mit dans les bras de l'homme.

— Comment allez-vous l'appeler, demanda-t-elle?

— Kami, dit l'homme, sans réfléchir.

J'appris, plus tard, que ce nom veut dire petit roi dans une langue africaine. Un jour que je discutais de tout et de rien avec mon nouveau maître, je lui posai la question:

— Pourquoi m'as-tu donné un nom mâle? Tu savais pourtant que je suis une femelle.

Il m'expliqua que cette langue africaine ne distingue aucun genre, ni masculin, ni féminin, ni neutre.

— Comment font-ils, ces gens-là, lui demandai-je, pour distinguer les hommes des femmes?

Alors, mon maître me fit une de ses réponses ambiguës dont il a le secret:

— Pour ça, tu n'as pas à t'inquiéter. De tous les humains, ce sont les gens qui font le meilleur usage de la différence entre les mâles et les femelles.

Ainsi donc, je quittai définitivement ma famille. Ma mère me laissa partir sans rouspéter: elle se soumettait aveuglément à son destin. Et puis, ça faisait une bouche de moins à nourrir et, surtout, une fatigante de moins, qui passait son temps à faire enrager le détestable frangin! Enfin, elle trouvait le moment propice pour nous de quitter la niche maternelle. J'avais alors trois mois.

Or, je me trouvais, à ce moment-là, dans un état physique et psychologique lamentable. Je venais de vivre une période particulièrement éprouvante. Ma mère refusait depuis quelques semaines de nous donner la tétée. Les maîtres nous nourrissaient d'infectes panades et notre mère complétait notre menu en nous régurgitant ses propres repas.

Et, comme si tout cela ne suffisait pas, les maîtres avaient fait venir un docteur des animaux, que les humains appellent un vétérinaire. Il n'en finissait plus de me tâter partout, de m'examiner les oreilles, les yeux, le nez, la gueule, les dents, les pattes, la vulve et le trou du cul. Une brute hypocrite, je vous dis! Il me flattait doucement le dos en me racontant des histoires d'une voix douce et mielleuse et soudain, sans crier gare, m'enfonçait une aiguille longue comme ça dans une fesse. Ils appellent ça un vaccin. Avouez que, après le sevrage, un tel traitement a de quoi vous refiler un traumatisme indécrottable.

Je me lançais donc dans la plus grande aventure de ma vie, amochée et pitoyable. Je quittais tout, mon père, ma mère, mes sœurs, mon frère, eh oui! même mon frère! mes maîtres, ma maison, pour aller vivre dans un pays étranger avec des gens que je ne connaissais ni de mon aïeul persan ni de mon ancêtre teuton. Bien sûr, j'avais choisi des gens sympathiques, mais ils n'en demeuraient pas moins des étrangers. Et quand tu pars pour un pays étranger, tu ne sais jamais à l'avance quel accueil les gens du pays te réservent.

Comme le disait ma mère, notre destin veut que nous, les chiens, soyons adoptés dès notre jeune âge. Remarquez, je n'ai rien contre l'adoption, cette vénérable institution qui permet à de petits orphelins de se trouver une famille, mais tout dépend du genre de famille que tu trouves. Si tu tombes sur une famille de bonnes gens et d'enfants doux et relativement tranquilles, tu feras une belle vie de chien. Si, au contraire, tu entres dans une famille de durs qui veulent faire de toi un mangeur d'hommes, ou si les enfants, comme d'exécrables petits monstres, passent leur temps à te tirer les oreilles et la queue, à t'arracher le poil, à te planter des bouts de bois dans les narines ou même à te bourrer de coups de pied au cul, tu finiras par maudire le jour de ta naissance. Et malheur à toi si un corps policier te réclame et qu'on t'envoie dans une école de dressage!

Oh! Je sais bien que nous, les bergers allemands, n'avons pas bonne presse auprès de tous les humains. Certains nous prennent pour des chiens agressifs de nature, doués d'un instinct vindicatif, toujours prêts à traquer le criminel, à poursuivre le brigand au prix de prouesses acrobatiques, à maîtriser l'assassin au péril même de notre vie! Mais, à la vérité, nous sommes des chiens doux, calmes et stables. D'une loyauté incorruptible envers nos maîtres, nos rapports avec les autres hommes restent cependant marqués de gentillesse et d'une grande patience avec les enfants. Ce sont les hommes qui font de nous des assassins.

Mes nouveaux maîtres me portèrent dans une boîte métallique posée sur quatre roues, une coccinelle qu'ils appellent ça, les humains. Ils me couchèrent sur un siège garni de couvertures épaisses et confortables et ils prirent place à l'avant. Puis, un drôle de bruit se fit entendre et la boîte bougea. Lentement d'abord. L'homme avait une roue dans les mains avec laquelle il semblait guider la boîte en mouvement.

Soudain, la boîte prit de la vitesse. Vous dire ma frayeur! Ça tanguait et ça roulait cette coccinelle comme une frêle chaloupe sur une mer démontée. On grimpait des collines abruptes pour les redescendre en plongées vertigineuses, on tournait à gauche pour repartir aussitôt vers la droite à des vitesses qui dépassent l'imagination. Le résultat, vous l'avez deviné : un mal de cœur subit me fit vomir mon souper.

— Elle est malade, dit doucement la dame.

— Laisse, dit l'homme, on nettoiera cela à la maison.

Cette tendresse toute simple, sans phrases, me plut.

Mais pas le voyage! Terrifiante la chevauchée en coccinelle! Et interminable! J'ai pensé mourir à plusieurs reprises tellement j'avais le cœur à l'envers. De quoi me coller une phobie incurable de ces boîtes à vitesse. Mais j'ai fini par m'y habituer: maintenant, j'aime bien les randonnées en voiture! J'aime le doux ronron du moteur et les bercements du roulis, pourvu qu'on me donne de l'air en abondance. Je ne perds aucune occasion de partir avec mon maître quand il veut bien m'amener avec lui, ce qui, j'ai le regret de le dire, se présente assez rarement.

Ce jour-là, quelle délivrance lorsque la voiture s'arrêta et qu'on me laissa sortir! Je m'éloignai de quelques foulées, me libérai de mes spasmes résiduels et suivis mes maîtres dans une petite maison qui ne payait pas d'apparence.

Je venais de quitter un palais et j'emménageais dans un minuscule bungalow tapi parmi de grands arbres dont les racines plongeaient dans un sol marécageux. La maison blanche, couverte d'un toit à pignon de bardeaux d'asphalte noirs, percée de portes et fenêtres d'un rouge écarlate, munie sur sa façade d'un étroit perron en béton gris qui donnait accès à la porte d'entrée rouge encadrée de pans de pierres de lave noires, se blottissait au sein d'une dense forêt dégorgeant toute la gamme des verts. Il y avait bien quelques maisons voisines, mais on ne les voyait pas. Chaque domaine s'isolait complètement des autres par des lots boisés d'érables, d'ormes, de chênes, de bouleaux, de caryers et de thuyas. Que d'heures folles j'allais passer à errer dans ces futaies humides à chasser le mulot, le raton laveur et même le chevreuil! Je ne chassai qu'une fois le porc-épic et la mouffette, et pour cause. Je vous raconterai ça plus tard.

Une fois entrés, l'homme dit quelques mots à la femme et ressortit en hâte. Je restai seule avec la dame qui, comme disent les humains, me fit les honneurs de la maison.

La porte d'entrée donnait directement sur une seule pièce formant cuisine et salle à manger. Une grande fenêtre, cernée de hautes et profondes armoires, éclairait la cuisine. Une table ronde entourée de quatre chaises et un buffet vitré meublaient la salle à manger.

Au fond à droite, une porte donnait accès au salon dont le mur de façade, occupé par une immense fenêtre, offrait une vue magnifique sur le jardin, le chemin d'en face et la forêt environnante. Que d'heures j'allais passer devant cette fenêtre à surveiller mon domaine! Dans le salon, plutôt petit, s'entassaient des boîtes et des meubles disparates encombrés de livres et de disques en pagaille. Je remarquai surtout la moquette, à poil long et usé, d'où s'échappaient d'obscurs relents de vieille chienne noyés dans de récentes odeurs de détergent.

Droit en face de l'entrée, le mur ouvrait sur un corridor conduisant aux chambres et à la salle de bain. Tout au fond de la cuisine à gauche, une porte donnait sur un escalier menant au garage et au sous-sol.

Trois pièces formaient le sous-sol. Sur le côté façade, une vaste salle s'étalait sur toute la longueur de la maison et se terminait par un foyer massif. Deux portes perçaient le mur mitoyen : celle du fond donnait sur un bureau aux murs tapissés de livres et meublé de deux tables se faisant face qui traçaient à chacun des maîtres son espace réservé au travail à domicile; la seconde porte donnait sur la salle d'eau qui comprenait, outre les appareils de lavage, d'utiles espaces de rangement. Cette salle allait pour un temps me servir de prison et j'allais y passer les heures les plus sombres de mon existence. Tout le sous-sol baignait dans une pénombre inquiétante, éclairé par de petites fenêtres beaucoup trop hautes pour me permettre de voir à l'extérieur.

Nous remontâmes à la cuisine et la dame se mit à préparer le souper. J'allai mettre mes pattes sur le comptoir pour la contempler de plus près. Elle poussa un petit cri de frayeur et me fit comprendre qu'un chien bien élevé ne se comporte pas de cette manière.

L'homme revint, les bras chargés de provisions. Posant ses sacs sur le comptoir, il en sortit divers articles et, me montrant un plat de plastique rond et évasé, il me dit:

— Ça, gamelle du chien, assiette de Kami!

Je reniflai et trouvai cette odeur dégueulasse. Il ouvrit une boîte de conserve et en vida la moitié dans ma gamelle sans même prendre la peine de la rincer et me dit:

— Manger! Bon pour chien! Bon pour Kami!

Cette façon qu'ils ont les humains de nous parler quand nous sommes en bas âge! Pourquoi se croient-ils obligés de s'exprimer en petit nègre lorsqu'ils nous adressent la parole? Il paraît qu'ils font la même chose avec leurs bébés. Attitude pour le moins étonnante chez des gens qui revendiquent le langage comme leur apanage!

Je reniflai le pâté et ça sentait bon. Je dévorai le tout en quelques secondes, en redemandai, sans succès. Je paniquai: étais-je tombée chez des avares? Allait-on me rationner? M'imposer une diète sévère dès mon jeune âge? J'avais encore faim et on me refusait la nourriture! Impensable!

— Non, ça ne se peut pas! me dis-je. S'ils me rationnent, comment ferai-je pour devenir grande et forte comme mon père?

L'homme me servit ensuite de l'eau fraîche dans un beau plat de verre. Gauche comme une adolescente, je mis la patte sur le bord du plat qui se renversa et partit en roulant se fracasser sur la porte du frigidaire, lançant des éclats de verre dans toutes les directions. Catastrophe! Mes maîtres s'énervèrent. Toute excitée, je circulais parmi les débris, ne sachant plus où donner de la tête ni où mettre les pieds. Je me mis à saigner de la patte avant droite. Mes maîtres m'éloignèrent précipitamment de la scène du désastre, me nettoyèrent la patte des débris de verre puis me la lavèrent avec un antiseptique et m'enfermèrent dans le salon pendant qu'ils ramassaient les dégâts.

Je n'ai jamais compris pourquoi les humains paniquent si facilement à la vue du sang. Dès qu'ils se font le moindre bobo, ils s'énervent, lavent, désinfectent, garrottent, pommadent et pansent. Nous, les chiens, nous guérissons nos petites blessures nous-mêmes, en les léchant tout simplement, ce que je m'appliquai à faire instinctivement durant ma brève réclusion dans le salon. J'entendis l'homme dire:

— Ce n'était pas très brillant de ma part.

— En effet, dit la femme, mais chacun apprend aussi par ses erreurs.

Je compris alors qu'ils ne connaissaient pas grand-chose aux chiens et je me dis que, si je me montrais le moindrement habile, je saurais tirer profit de la situation.

Finalement, ils se mirent à table. Je m'approchai, tellement ça sentait bon ce qu'ils allaient manger.

— Non! Pas d'affaire! dit l'homme. Coucher sur ton tapis!

Et il m'installa sur un épais tapis tout près de la porte. Coucher sur ton tapis. Voilà le premier commandement que j'appris de mes nouveaux maîtres et que j'entends répéter, encore aujourd'hui, plusieurs fois par jour. Je me couchai donc sur le tapis et fis semblant de dormir. Dès qu'ils furent distraits, je m'approchai en rampant et me plaçai près de la femme.

— Non, coucher sur ton tapis! m'ordonna-t-elle à son tour.

Décidément, ils logeaient à la même enseigne.

La nuit venue, mes maîtres me firent sortir quelques minutes, j'ignorais alors pourquoi. Je compris, beaucoup plus tard, que ces brèves sorties avaient pour objet de me faire faire mes besoins, petits et gros, pour la nuit, à l'extérieur de la maison. Mais, ce soir-là, comme j'ignorais ce que mes maîtres voulaient, et comme je n'avais plus ma mère pour me stimuler et que je me trouvais dans un état de nervosité considérable, je me contentai de renifler quelques odeurs nouvelles. Mais la profonde obscurité de la forêt me fit peur et je revins tout de suite auprès de mes maîtres.

Une fois rentrés, ils me couchèrent sur le tapis près de la porte en me recommandant d'y faire dodo toute la nuit et se retirèrent dans leur chambre en prenant bien soin d'en fermer la porte. Je compris qu'on m'interdisait ce lieu à tout jamais. Mais dès qu'ils furent endormis, j'allai m'installer sur un confortable canapé dans le salon. J'adoptai ce meuble, juste à ma taille, et mes maîtres, quoiqu'ils fassent, n'allaient plus jamais m'en déloger.

Au cours de la nuit, une envie incontrôlable me prit. Je descendis au sous-sol et trouvai, sous le bureau du maître, l'endroit idéal pour me soulager. Mes maîtres avaient étalé par terre, dans la salle d'eau, les pages d'un journal dont l'usage n'avait rien de didactique: on ne les avait pas mis là pour que j'apprenne à lire.

Le lendemain, lorsque le maître découvrit le dégât sous son bureau, il me traîna de force près du lieu du crime et, me montrant du doigt mon funeste méfait, me criait d'une voix impérieuse pleine de dégoût:

— Non! Non! Non! La prochaine fois, je te mets le nez dedans!

Il paraît qu'il y a des humains qui infligent aux jeunes chiots ces honteux sévices. Le mien s'en est toujours abstenu, probablement parce qu'il aime bien frotter sa truffe sur la mienne.

Ce fut un long et pénible apprentissage. Je n'avais plus ma mère pour me stimuler en temps et lieu. Mes maîtres étendirent du journal partout au sous-sol. Moi, je pensais qu'on voulait m'indiquer les endroits où on me défendait d'accomplir ces besognes. La nuit suivante, je lâchai tout dans le salon. Au matin, la colère du maître! Les cris! Les hurlements! Je n'y comprenais absolument rien. Pourquoi se mettait-il dans tous ces états? J'avais évité avec tant de soin de salir leurs journaux!

— Cesse de crier ainsi, disait la femme, tu vas la rendre folle.

— Folle ou pas, répondait l'homme tout à sa colère, il faudra bien qu'elle apprenne à faire ça dehors!

Après avoir boudé tout son soûl, l'homme retrouva enfin son calme et il m'appela:

— Kami, viens, je vais te montrer ton domaine.

Il me mit une bande de cuir autour du cou, y fixa une longue courroie et me fit faire le tour de ses terres: un vaste domaine ouvrait sur un chemin assez passant et s'enfonçait, sur trois côtés, dans une forêt profonde. Trois fois que nous avons fait le tour! Il me guidait et m'indiquait clairement les limites de la propriété que j'aurais à défendre.

— Oui, c'est ça, bon chien, disait-il d'une voix aimable, lorsque je me trouvais à l'intérieur des limites.

— Non!

À ce seul mot, prononcé d'une voix cassante, je comprenais que je venais d'outrepasser la limite. J'ai bien tenté à quelques reprises de m'aventurer au-delà, mais rien à faire; l'homme me ramenait aussitôt. Nous allions répéter cet exercice un nombre incalculable de fois, jusqu'à ce que, au juger de l'homme, je connusse parfaitement mon domaine et n'eusse plus aucune envie d'en sortir.

Un jour, pendant que mon maître s'appliquait à la culture de son jardin, je m'aventurai seule sur le chemin. Mal m'en prit. J'entendis soudain des crissements épouvantables accompagnés d'un charivari d'enfer. Je m'arrêtai, abasourdie, et regardai tout autour. Mon cœur battait la chamade. Une bonne demi douzaine de voitures s'arrêtèrent, collées les unes sur les autres. La première, à peine à un mètre de moi, contenait un gros homme moustachu qui avait l'air de n'avoir vu le jour que pour me détester de toute éternité.

Le vacarme attira aussitôt mon maître qui vint à la course, me saisit par le collier et m'entraîna brutalement hors du chemin. Vous dire la raclée que j'ai prise! Et je dus passer tout le jour attachée à un arbre derrière la maison, moi qui avais déjà l'habitude de vaguer toute à mon aise sur le domaine. Je n'ai plus jamais eu envie de me retrouver seule sur le chemin. Nous, les bergers allemands, nous avons la mémoire longue.

Ne serait-il pas temps de vous présenter mes maîtres?

Ils forment un couple bien ordinaire, aux antipodes des maîtres de mes parents. L'homme, tout tassé dans un petit corps musclé et vigoureux, les jambes trop courtes et les bras trop longs, je l'appelle Bonobo, le chimpanzé. Il en a la foulée courte, prudente, circonspecte. Il en a surtout les yeux vastes et mobiles, remplis des surprises du monde, les drôles, les tendres, les tristes. La femme, je l'ai baptisée Fuseline, la petite fouine au pas feutré et fureteur, la face rieuse et espiègle, l'œil rusé, la narine frémissante, la bouche gourmande. Lui sent la terre, elle respire la lavande.

Lequel des deux je préfère? Je ne sais pas vraiment. Elle me craint, lui me domine. Elle s'exprime par le geste, lui par la parole; elle caresse, lui commande. Un chat préfère le geste; moi, je préfère la parole. La caresse importune est une servitude. Fuseline dispense la tendresse, les petits soins, les gâteries, la complicité. Bonobo s'agite dans le mouvement, le jeu, les longues balades, l'entraînement. Ils se complètent bien tous les deux.

Nous passâmes les deux premiers jours ensemble. Leur présence se faisait chaude et câline. Bonobo me fit faire le tour du domaine plusieurs fois, me laissant marquer mon territoire partout où cela me semblait important. Ils jouèrent à la balle avec moi et m'enseignèrent à m'asseoir à leurs pieds, émerveillés de ma docilité et de ma facilité d'apprendre. J'ai tout de suite senti que nous allions bien nous entendre et qu'ils allaient m'aimer tous les deux, chacun à sa manière.

APPRENTISSAGE

Le troisième jour, Bonobo et Fuseline partirent tous les deux de bon matin me laissant seule dans la maison. Je croyais qu'ils allaient revenir bientôt mais les heures passaient, me plongeant inexorablement dans une solitude toujours plus profonde. Dans ma famille antérieure, je n'avais pas connu ce malheur de l'abandon et de la solitude.

Après avoir fait le tour de la maison trois ou quatre fois, je me couchai sur le canapé dans le salon pour une petite sieste. À mon réveil, j'aperçus des ombres grouillantes qui rampaient sur le tapis comme de redoutables serpents. J'essayai de japper pour chasser ces monstres d'épouvante mais ma voix se perdit dans un étranglement. Comment descendre de mon lit sans poser les pieds sur ces bêtes immondes? La panique s'empara de moi et je n'osai bouger, toute raide de frayeur.

Un écureuil noir vint s'agripper au tronc du grand érable en face de la fenêtre et, la tête en bas, me fit une repoussante grimace.

— Tu fanfaronnes, lui criai-je à travers la fenêtre, me sachant prisonnière de ces infâmes reptiles. Attends que mes maîtres reviennent me libérer et tu vas apprendre à me respecter. Il faut que vous le sachiez : je voue à ces insolentes petites bêtes une haine mortelle. Elles me narguent sans cesse, grimpent aux arbres juste hors de ma portée et me ridiculisent de leurs petits cris railleurs. Le jour où j'en attraperai une, elle paiera pour toutes les impertinences de sa tribu.

Mais que faisaient donc mes maîtres ? Où étaient-ils allés ? M'avaient-ils déjà abandonnée ? Quand reviendraient-ils ? Je tremblais de peur. Une colique me prit, la colique de la peur, la colique de la honte.

— Non, me dis-je, tu ne peux tout lâcher sur ton lit ! Sois brave et saute !

Et hop ! d'un bond prodigieux, je sautai par-dessus le magma rampant. Mais j'avais mal calculé la distance et je vins choir sur une délicate poterie qui vola en mille éclats, au moment même où Fuseline rentrait, seule. Elle m'appela :

— Allo mon chaton !... Il se cache mon petit chaton ?... Houhou !... Houhou !...

Je me terrais. Elle me trouva, recroquevillée et tremblante, sur le palier de l'escalier conduisant au sous-sol.

— Qu'est-ce qu'il a, mon petit chaton ?

Elle me plaignit, me consola, me fit des chatteries et me sortit au jardin. Pendant mon absence, elle trouva la poterie fracassée. À mon retour dans la maison, elle me fit de douces remontrances et me demanda comment j'avais pu faire pour écrabouiller son bibelot. Mais allez donc! Comment lui expliquer? D'autant que les terribles serpents avaient déjà regagné leur repaire.

Bonobo arriva un peu plus tard. Tout de suite, Fuseline lui raconta l'accident de la poterie. Les femmes, on le sait, ne peuvent garder un secret. Après m'avoir vertement grondée, il me fit sortir et nous reprîmes le marquage du domaine. Mais le maître se montrait plus autoritaire et exigeait une discipline plus stricte. Je devais marcher au pas et il ne me pardonnait pas le moindre écart.

Bizarre, tout de même, chez les hommes, cet esprit revanchard! Si une personne en injurie une autre ou lui fait un mauvais coup, la tribu tout entière lui en voudra pour le reste de ses jours. Et si une personne en tue une autre, la tribu de la victime doit la venger en allant tuer un membre de la tribu du meurtrier. Mais ça ne s'arrête pas là. La tribu vengeresse doit, elle aussi, payer le prix du sang. Et ainsi de suite... L'histoire rapporte que des clans entiers se sont ainsi entre-décimés. Le sang appelle le sang. Piston infernal de la vendetta qui tue aller retour! Heureusement, l'histoire rapporte aussi que certains rois, dans leur sagesse, ont cassé ces chaînes meurtrières qui les privaient de valeureux sujets. Sinon, il n'y aurait sûrement plus d'hommes sur la terre.

Le lendemain, Bonobo et Fuseline partirent de nouveau. Je me rendis compte alors qu'ils travaillaient et que, comme les maîtres de mes parents, ils seraient absents cinq jours sur sept. Mais mes parents vivaient à deux et ils avaient une famille, tandis que moi, orpheline esseulée, je sombrais dans une noire mélancolie. Dans les jours qui suivirent, je perçus l'ampleur de ma solitude. Quel ennui! Quel cafard! On me vouait à la neurasthénie!

Un jour, couchée sur le fauteuil de Bonobo placé près de la fenêtre du salon, l'ennui me devenait insupportable et les dents me démangeaient. Je me mis à mâchouiller distraitement le coin du coussin bourré d'une mousse légère qui, libérée de son enveloppe, foisonnait vaporeuse comme un nuage. Vous dire le plaisir fou que j'ai eu! Je tirai le fauteuil au centre de la pièce, ce qui ne fut pas une mince affaire. Je déchiquetai le siège et le dossier. Puis je fourrais ma tête dans le coussin et en tirais de pleines gueules de mousse que je crachais aux quatre coins du salon. Le désastre! Des milliers de petits cubes, légers comme de l'éther, volaient partout dans la pièce, se fixaient aux murs et aux rideaux ou s'infiltraient derrière les meubles et les livres. Je trônai de longs instants sur les débris de ce qui avait été le fauteuil attitré de mon maître.

Puis, après mûre réflexion, je me mis à craindre son retour. Mais tout se passa bien ce soir-là.

Le lendemain matin cependant, avant de partir au travail, Bonobo me descendit au sous-sol. La descente aux enfers! Il m'attacha à une courte chaîne fixée à un anneau solidement vissé dans un mur de la salle d'eau. Le comble! Bonobo me mettait aux fers! Quelle horreur! À peine un mètre de long ma chaîne! Tout juste ce qu'il fallait pour me retourner sur moi-même. Je ne pouvais voir que ces quatre murs, d'une laideur horrible, éclairés d'une toute petite fenêtre, beaucoup trop haute pour me permettre de regarder à l'extérieur. Sombre geôle!

Je tirai sur ma chaîne à m'en disloquer les vertèbres cervicales. Inutile! Solidement ancrée, elle résistait à tous mes efforts. Avec mes dents et mes griffes, j'entrepris de décortiquer le panneau de bois dans l'espoir de dégager l'anneau. Long travail mais, avec de la persévérance, j'en viendrais à bout: l'espoir de la liberté suscite de très longues patiences.

À son retour du travail, voyant les dégâts, Bonobo me battit. Puis il me libéra et j'allai bouder tout mon soûl derrière la remise au fond du jardin.

Hélas! Le même scénario se répéta durant plusieurs jours: aux fers le matin, rongement du panneau durant le jour, colère du maître à son retour.

Le malheur rend méchant, dit l'adage. Un jour que Bonobo me tançait vertement, je lui mordis la main. La foudre éclata! Je ne vis pas venir le coup. Je sentis une vive douleur sous la mâchoire, mes quatre pieds perdirent en même temps tout contact avec le sol et je tombai à la renverse, les quatre fers en l'air, des cloches plein les oreilles et mille petites étoiles noires dansaient devant mes yeux. Complètement groggy, j'entendis, comme dans un rêve lointain, Bonobo qui grondait:

— Je vais te montrer qui est le maître ici!

Puis, me remettant brutalement sur mes pieds, il ajouta:

— Ne recommence plus jamais ça, tu m'entends?

Terrifiée, je pissai bêtement à ses pieds. Oui, vraiment, la peur nous fait perdre toute dignité. Puis, il me libéra, me sortit et me laissa reprendre mes sens.

Tout en arpentant le domaine, je réfléchissais. Bien que foncièrement bon, Bonobo pouvait faire de terribles colères. Ses emportements lui faisaient perdre tout contrôle et le menaient aux pires extrêmes.

— Fais gaffe, me disais-je, Bonobo exaspéré est capable de tout. Tu dois en prendre ton parti car, quel qu'il soit, il est ton maître.

Durant le repas du soir, ils parlèrent de moi à voix basse.

— Ça ne peut pas durer comme ça, disait Fuseline. Tu vas la rendre neurasthénique. Elle va devenir méchante, hargneuse. Déjà quand on rentre du travail, elle s'agite; on la sent nerveuse, au bord de la panique.

— Tu as sans doute raison, dit Bonobo. Je vais régler ça demain.

— Qu'est-ce que tu vas faire?

— L'installer dehors.

— Pauvre chaton!

— C'est la seule solution.

Le lendemain, jour chômé, mes maîtres ne partirent pas au travail. J'allais donc passer toute la journée avec eux, sans avoir rien à craindre. Fuseline me ferait de petites gâteries et m'appellerait mille fois son chaton. La vie s'annonçait belle.

Mais Bonobo m'inspirait encore quelque crainte. Je le sentais fébrile. Levé tôt, il avait avalé son petit déjeuner en vitesse et semblait préoccupé. Quelques instants plus tard, je le vis se hâter, s'activer près d'un arbre, courir prendre quelque chose dans son atelier, revenir près de l'arbre, regarder, mesurer des hauteurs et des distances. Il me rendait nerveuse à la fin. Je partis donc chasser le mulot dans la forêt voisine. Au bout d'une heure de cette activité fiévreuse, il m'appela:

— Kami! Kami! Ici, Kami! Viens! Viens, ma petite Kami!

Il avait tendu une longue corde entre deux arbres. Il y avait glissé une poulie qui retenait une chaîne assez longue. Il fixa la chaîne à mon collier et me fit circuler entre les deux arbres.

— Voilà, dit-il, Kami dehors maintenant. Finis dégâts dans maison! Kami voir dehors, promener dehors et surtout pisser et chier dehors. Compris?

Si je comprenais! Bonobo m'accordait la liberté! Je ne serais plus enfermée entre ces quatre murs repoussants! Je vivrais à l'air libre! L'espace, l'infini, ça fait tant de bien au corps et à l'âme! Et puis, j'allais pouvoir observer tout ce qui se passait sur mon domaine, humer toutes les odeurs qui s'échappaient de la terre, sentir le vent et le soleil me caresser le corps tout entier. Finie la prison! Mes mouvements seraient mesurés certes, mais je pourrais circuler et me dégourdir les membres. De toute manière, toute liberté si restreinte soit-elle, ne vaut-elle pas mieux que le cachot?

Bonobo s'émerveillait de me voir circuler maladroitement au bout de ma chaîne. Il se réjouissait tout autant que moi de la modeste liberté dont j'allais désormais jouir durant le jour. Bien sûr, j'allais devoir apprendre à marcher sans me prendre les jambes dans ma chaîne. Et si je m'enroulais autour du grand pin, je devrais découvrir le moyen de me dégager moi-même.

— La liberté, ça s'apprend, disait Bonobo, le sentencieux.

Après s'être gentiment moqué de moi et m'avoir enseigné quelques trucs, Bonobo ajouta:

— Maintenant, Bonobo construire maison pour Kami, belle maison pour beau chien tout seul.

Toujours ce petit nègre lorsqu'il voulait se montrer gentil avec moi! Un jour, je lui dirais à quel point cette manie m'irritait. Ce langage puéril ne convient pas à une patricienne.

Pour l'instant, je laissai Bonobo à ses soucis. Il mesurait, il comptait, il traçait, il coupait, il groupait des morceaux de bois selon leur forme et leur taille. Assise près de lui, je le regardais, absorbé dans sa besogne, se hâtant toujours, ne s'arrêtant que pour réfléchir et faire de nouveaux calculs. Je n'ai jamais compris pourquoi les hommes aiment tant compliquer les choses. Puis, il se mit à assembler les morceaux, à les ajuster, les clouer, les visser. De sorte qu'avant la fin du jour, j'avais ma maison.

Bonobo voulut aussitôt m'y faire entrer. Je refusai. Il insista et m'y poussa même de force. Je paniquai, convaincue qu'il voulait m'y emprisonner pour le reste de mes jours. Après avoir été si longtemps dans les fers, je ne pouvais lui faire entièrement confiance. Il me fit coucher un instant et me laissa sortir. Puis il me fit entrer de nouveau, me fit coucher à l'intérieur un instant et me laissa sortir en me disant:

— Maison de Kami. Belle maison pour beau chien!

Une bien belle niche, en effet, une niche de luxe! Tellement spacieuse que je pouvais m'y retourner sur moi-même sans difficulté, assez haute pour y vivre debout sans avoir à me coucher les oreilles, et même à double cloison pour me protéger des grands froids d'hiver et des canicules de l'été! L'entrée formait une arcade en plein cintre grande comme la porte d'un château. Non, vraiment, Bonobo n'avait pas lésiné!

— Kami, viens coucher dans maison, disait Bonobo.

Il me faisait entrer et coucher; il me félicitait; il me demandait si j'aimais ma belle maison. Tant de fierté le rendait bavard: son discours devenait d'une touchante incohérence. Il disait qu'un beau chien comme moi devait habiter un bien beau palais, comme celui qu'il venait de bâtir, que j'étais adorable lorsque je laissais pendre mes pieds sur le seuil et que je souriais, la tête bien droite dans l'arcade. Puis, il me laissait sortir. Et nous recommencions. Le jeu dura un bon moment et je compris finalement que Bonobo me faisait cadeau d'une belle maison pour moi toute seule et que je pouvais y entrer et en sortir selon mon gré.

Vint le temps pour moi d'aller à l'école. J'avais entendu Bonobo, la veille au soir, dire à Fuseline:

— Elle aura bientôt cinq mois, il est temps d'entreprendre son éducation.

— Tu ne trouves pas, demanda Fuseline, qu'elle est encore un peu jeune pour commencer le dressage?

— Il ne s'agit pas de dressage mais bien d'éducation, répondit Bonobo, sur le ton suffisant qu'il prenait chaque fois qu'on parlait de moi. Elle a l'âge idéal pour amorcer son instruction.

Depuis mon adoption, Bonobo lisait des tas de livres sur les chiens. Il prétendait assez naïvement que la cynologie n'avait plus de secret pour lui.

Le lendemain matin, jour férié, il m'annonça, avec le sérieux et la dignité d'un tuteur d'infante, que nous commencions l'école.

— Pourquoi l'école? demandai-je inquiète.

— Parce que, répondit-il avec son petit sourire narquois, il messiérait qu'une bergère teutonne, patricienne de race, devînt une péronnelle.

Le ton était tranchant. Il fallait y passer puisque Bonobo, le maître, l'avait décrété. Autant tirer le meilleur parti de la situation.

Mon éducation formelle commença par l'appel sifflé.

— Remarque-le bien, m'intimait Bonobo, je possède un sifflet unique et original: une tierce mineure descendante.

Moi, hein! la tierce mineure descendante de Bonobo, je m'en balançais. En fait, Bonobo a deux sifflets : l'un, modulé et agréable, dont il se sert habituellement, probablement sa tierce mineure descendante; l'autre, sec et impérieux, dont il use lorsque les choses ne vont pas à son goût. Je connaissais déjà ces deux sifflets et savais par conséquent à quoi m'en tenir dès la première leçon.

— Kami, ici! fit soudain la voix impérieuse de Bonobo.

Je m'approchai tremblante. Qu'avais-je donc fait pour susciter un courroux si subit?... Mais non!... Tout heureux, Bonobo me dit sa joie par des caresses vigoureuses tout en m'accablant de louanges outrancières. À n'y rien comprendre! Je vous le dis, les hommes sont bizarres! Je décidai de mettre les choses au point dès cet instant. Je pris un petit air buté et dis à Bonobo, d'un ton modeste mais résolu:

— Écoute, Bonobo, ta grosse voix bourrue, moi, ça m'agresse. Si tu veux que nous soyons copains tous les deux, laisse tes simagrées et parle-moi comme du monde. Après tout, je suis une bergère teutonne, patricienne de race et, en tant que telle, j'ai droit à de la considération.

— Faut pas te fâcher comme ça, me dit Bonobo radouci, en me lissant le front. Je dois faire ton éducation et, avec ta petite tête dure, j'aurai besoin de beaucoup de fermeté.

— Pourquoi, demandai-je faussement penaude, faut-il que tu aies toujours le dernier mot?

— Parce que je suis le maître, dit Bonobo sans vergogne.

Toute la matinée, Bonobo me garda en classe. Ce qu'il pouvait être persistant! De temps en temps, nous nous arrêtions pour quelques minutes. Durant ces brèves pauses, assis sur le perron derrière la maison, il me caressait de sa large main et me laissait lui lécher le menton. Il me grattait vigoureusement la base des oreilles en babillant:

— Quand est-ce que tu vas dresser ces grandes oreilles? Le temps commence à presser, tu sais. Tu ne vas tout de même pas laisser pendouiller tes oreilles comme un vulgaire corniaud, toi, bergère teutonne, patricienne de race!

Puis, nous reprenions les exercices avec une lassante assiduité. À la fin de la session, je ne comprenais plus rien: Ici! Viens! Va! Assis! Debout! Couché! Va chercher! Je perdais la tête. Je suppliai Bonobo d'arrêter. Je n'en pouvais plus. Je voulais jouer à des jeux où on ne pense à rien. Les exercices, il faut toujours réfléchir à ce que veut le maître. C'est beaucoup demander à une jeune écolière. Bonobo avait compris et m'accordait un peu de répit.

J'avais une bonne mémoire et j'apprenais vite. Bonobo me montrait toutes sortes de trucs qu'on ne lit pas dans les livres. Il me faisait transporter des morceaux de bois et des outils de toutes sortes; il m'apprenait à ramasser et lui remettre en main des objets qu'il laissait tomber par terre; il me montrait à me rouler dans l'herbe ou à faire le mort; il m'envoyait chercher ses bottes ou ses gants; il me donnait des messages à porter à Fuseline. Jamais, cependant, il ne me demanda de faire la belle, ce minable truc de toutous de cirque.

Dès le premier jour de classe, je saisis un petit truc qui me paraissait inconscient chez le maître. Je me gardai bien de lui faire part de ma découverte. Le fait de savoir cela sans que lui sache que je le sais donnait à l'élève un certain avantage sur le maître. Ce petit truc, le voici: lorsque mon nom vient en premier, c'est le maître qui parle. Kami, ici! Kami, assis! Kami, couché! Kami, apporte! sont des ordres et exigent une obéissance immédiate et empressée. Par contre, lorsque mon nom vient en cours de phrase, c'est l'ami ou le camarade qui s'adresse à moi. Viens, Kami! Assis, Kami! Apporte, Kami, donne dans la main! Dodo, Kami, gros dodo! Ces expressions invitent au jeu et à la camaraderie; je peux me permettre de faire la sourde oreille ou même de rechigner sans graves conséquences.

Chaque fois que je réussissais ce que Bonobo me demandait, il se répandait en exclamations, en éloges et en félicitations dithyrambiques. Bonobo, toujours fier de moi à la fin des exercices, disait à Fuseline son admiration et son étonnement. Fuseline s'essayait à me faire répéter les jeux et les exercices mais, comme j'étais déjà fatiguée, elle n'avait pas grand succès. Cela la chagrinait. Elle essayait de

m'amadouer en me câlinant et m'appelant son chaton. Rien à faire, j'étais crevée!

Presque chaque soir après souper, Fuseline me
prenait en laisse et m'amenait avec elle faire une
longue promenade dans les petites rues voisines.
J'aimais bien ces moments d'intimité. Nous nous
retrouvions entre femmes, sans Bonobo pour nous
imposer des sujets de conversation. Nous pouvions
nous livrer à nos innocents babillages sans avoir à
subir les sarcasmes ou les sourires entendus d'un
hautain prévôt. Nos propos, d'une ravissante incohérence, foisonnaient de gentils petits coups d'épingle, de candides railleries, de cancans juteux et de
mensonges anodins, en somme de tout ce qu'il nous
plaît d'entendre, nous les femmes. Bonobo en prenait pour son rhume. S'il nous avait entendues, le
pauvre! Tous les petits secrets que nous nous passions l'une l'autre!

Tout au bout de la deuxième rue, habitait un
roquet miteux au langage si vulgaire que Fuseline en
rougissait. Un soir, libre dans son jardin, il nous vit
venir de loin et vint à notre rencontre, tous crocs dehors, glapissant des obscénités et des menaces. Fuseline, tremblante d'indignation autant que de peur,
se mit à l'invectiver comme une charretière.

— Ma douce Fuseline, lui dis-je, ce langage or-
durier ne te convient pas! Tu t'abaisses au niveau de
ce sale rouvieux! Laisse-moi m'occuper de ce crétin.

Chien qui aboie ne mord pas. Laisse-moi lui faire son affaire à ce débile mal engueulé.

Mais Fuseline refusa de me libérer. Elle craignait les batailles de chiens.

— On ne sait jamais comment ça va finir, disait-elle.

Je boudai le reste de la promenade. On n'a pas le droit de se laisser injurier par un minable cabot qui n'a même plus ses couilles.

Cette nuit-là, je fis un rêve terrible et grandiose. Je vis une brave bergère teutonne, patricienne de race, coupant net le flot d'injures d'un répugnant chacal en lui brisant la nuque d'un seul coup de ses crocs puissants.

ÉPREUVE HYSTRICOMORPHE

Petit à petit, s'instaura le train-train de la vie quotidienne. Je passais mes journées dehors à surveiller mon domaine. En fin d'après-midi, lorsque mes maîtres revenaient du travail, Bonobo me faisait l'école et jouait avec moi de longs moments. Puis, tous les trois, assis sur le perron derrière la maison, nous prenions l'apéritif. Fuseline avait toujours une petite gâterie pour moi. Nous nous laissions bercer en silence par la paix qui baignait ces instants privilégiés de notre existence.

Mille petites stridences nous révélaient une trépidante activité dans les longues herbes et les buissons touffus. En haut, dans la ramure des grands arbres, des oiseaux se chantaient l'amour. Et tout autour, la forêt bruissait des froufrous crépusculaires d'une faune noctambule. J'allais bientôt faire la douloureuse connaissance de l'un de ces insolites mammifères.

Ce jour-là, assise près de mon pin séculaire, j'entendis un ronron doux et paisible. Je cherchai d'où venait ce bruit et aperçus, dans une fourche du grand tremble voisin de ma niche, une touffe absolument immobile, hérissée de gros poils noirs et blancs qui ressemblaient à autant de dards effilés comme des aiguilles. Cet animal enroulé sur lui-même dormait en toute quiétude et ronflait comme un pacha. Je ne pouvais voir ni sa tête ni ses membres. Tout le jour, je l'observai du coin de l'œil, me disant que si un animal dormait ainsi toute la journée, il devait mener une vie nocturne et commencer à bouger avec la brunante. Revenus du travail, mes maîtres m'auraient alors libérée et je serais en mesure de chasser cet intrus de notre domaine.

De fait, au moment où le soleil se glissait parmi les arbres de la forêt pour disparaître à l'horizon, la touffe remua et une tête et des membres apparurent. L'animal jeta un regard tout autour pour s'assurer que le chemin était libre et se mit à descendre gauchement de son arbre. Je me tenais à distance et attendais le moment propice pour intervenir. Lorsqu'il fut à terre, je le vis mieux : un rongeur, aux longues incisives taillées en forme de ciseau à bois, se déplaçait avec lenteur, posant, avec une infinie précaution, un pied devant l'autre, comme s'il marchait sur des œufs.

— Hum! La prudence même, me dis-je.

Il se dirigea sans hâte vers le fond du jardin, s'arrêtant de ci de là pour couper une herbe ou mâcher une feuille. Il avait décidément toute l'éternité devant lui.

Je m'approchai sans bruit. Pourtant il m'entendit venir, s'arrêta net, se remit en boule et attendit.

Comme il ne bougeait pas, j'entonnai mon chant de guerre, que Bonobo m'avait composé et que, à l'instar des chevaliers du Moyen Age, je devais déclamer haut et fort avant d'engager le combat, dans l'intention de semer l'épouvante dans l'âme de l'adversaire qui s'enfuirait sans coup férir.

— Ce n'est pas d'un grand cru, me confiait Bonobo, mais avec ça, tu garderas le domaine sans avoir à verser le sang.

Mon défi se chantait ainsi :

> *Je suis Kami,*
>
> *bergère teutonne,*
>
> *auguste patronne*
>
> *de ces taillis.*

> *Je suis Kami,*
>
> *terrible guerrière,*
>
> *souveraine altière*
>
> *de ces prairies.*

> *Je suis Kami,*
>
> *canine acérée*
>
> *reine incontestée*
>
> *de ce logis.*

Aucune réaction! La bête restait blottie, immobile. Je cherchai la tête car j'avais remarqué que la face était dépourvue de ces monstrueuses aiguilles. Un petit coup de dent bien placé, sans nécessairement le défigurer, convaincrait l'intrus qu'il se trouvait sur une terre interdite.

Soudain, il sortit la tête. Je fonçai sur le visage. Mal m'en prit. Pas une seconde, il m'était venu à l'idée que cette extravagante créature pouvait se payer la fantaisie de se retourner en un éclair, hérissant ses dards dans tous les sens. Ma gueule grande ouverte, prête à saisir cette face de front, se referma sur une pelote de dards assassins. J'avais bêtement mordu la racine de la queue. Je poussai un hurlement à fendre l'âme et me mis à japper furieusement en tournant autour de l'ennemi.

Alertés, Bonobo et Fuseline accoururent et me trouvèrent folle d'une rage meurtrière contre l'intrus aux manières si trouillardes, qui se blottissait dans les herbes, boule immobile et inexpugnable. Je me plantai devant eux, hardie et triomphante, exhibant avec fierté la vingtaine de banderilles meurtrières fichées dans ma truffe et ma gueule: je m'étais couverte de gloire en livrant un furieux combat contre un redoutable ennemi. J'escomptais des éloges bien mérités de Bonobo et de Fuseline. Le grand Alexandre lui-même n'avait jamais livré si terrible

bataille. Mais, honte et déshonneur! Et désespoir!
Bonobo se tordait de rire.

— Il fallait que ça vienne. Tu ne pouvais pas y
échapper. Tous les chiens y passent. Ma pauvre Kami, tu en fais une gueule! Si tu te voyais la truffe!

Fuseline se montra plus gentille:

— Mon pauvre chaton, qu'elle me disait tendrement, comme tu es brave! Tu n'as vraiment peur
de rien. Ça te fait très mal?

Je ressentais dans tout le museau des brûlures
atroces. Enfin, Bonobo cessa de rire. Fuseline lui demanda s'ils pouvaient eux-mêmes me soigner.

— Ne t'en fais pas, fit-il rassurant, je sais comment arracher ces poils.

Il alla chercher des pinces et des ciseaux. Un à
un, il coupa les poils pour, expliquait-il à Fuseline,
laisser entrer l'air et ainsi réduire les blessures. Puis,
il saisissait chaque poil avec les pinces et d'un coup
sec, il tirait. Chaque fois, j'avais la pénible impression qu'il me partait un morceau de truffe ou de
gencive. Mais je devais me montrer brave devant
mes maîtres qui commençaient à faiblir, surtout Fuseline. Avec d'infinies précautions et beaucoup de
douceur, ils m'enlevèrent tous les dards plantés dans
ma truffe et dans mes gencives.

— Voilà, dit enfin Bonobo, c'est fini! On va te
laver le museau avec du peroxyde. Ensuite, il faudra
te reposer et surtout bien réfléchir, bien fixer cette

aventure dans ta mémoire et en tirer les leçons qui s'imposent.

Mais je n'écoutais pas l'homélie de Bonobo, l'esprit ailleurs, tout occupé par ce dard resté planté dans mon palais. Je faisais toutes sortes de grimaces désespérées pour faire comprendre à mes maîtres que le travail n'était pas terminé. Avec ma langue, j'essayais de dégager cet horrible dard sans y parvenir. Enfin, Bonobo comprit. Il dut y aller avec ses doigts. Il se montrait d'une douce fermeté tandis que Fuseline me dorlotait, me cajolait, me faisait des tas de promesses d'une suave incohérence.

Le lendemain, remise de mes émotions, je demandai à Bonobo le nom de cette bête repoussante.

— Cet animal est un porc-épic, me répondit Bonobo de son ton doctoral, un rongeur hystrico-morphe de la famille des éréthizontidés...

Je souris. Les airs que se donnait mon Bonobo lorsqu'il donnait ses cours!

— ... l'une des bêtes les plus précieuses de nos forêts. Il est interdit de le chasser: facile à capturer, on le réserve pour les cas d'extrême nécessité...

— Ouais, facile à capturer, c'est toi qui le dis! ricanai-je.

— Il faut savoir s'y prendre, sourit Bonobo. Animal facile à attraper et dont on peut manger la chair crue, il sert d'assurance de survie dans nos forêts. Végétarien, ne mangeant que de l'herbe et des feuilles, il vit en solitaire, mais démontre un naturel doux et pacifique. Pas craintif pour un sou,...

— Je veux bien le croire, coupai-je, arrangé comme il est.

— ...on peut l'apprivoiser facilement...

— Tu n'as tout de même pas l'intention d'en adopter un, m'exclamai-je, indignée!

Mais l'imperturbable professeur poursuivait son monologue:

— Ses longues épines, d'autant plus efficaces qu'il peut les hérisser en tous sens, s'avèrent très douloureuses une fois plantées dans la chair.

— À qui le dis-tu! Il paraît qu'il peut lancer ces machins-là jusqu'à une distance de trois mètres?

— Pure légende! trancha Bonobo.

— En tout cas, à moi, il me les a lancées à plus d'un mètre. Tu en as eu la preuve!

— Tut! Tut! Tut! fit Bonobo. Ton mensonge est ridicule, ma pauvre Kami. Le porc-épic, c'est prouvé, ne lance pas ses poils. Il a fallu que tu le touches pour écoper. Tu as essayé de le mordre, n'est-ce pas?

— Il fallait tout de même que je débarrasse notre domaine de cet intrus!

— Ma petite Kami, il faudra que tu apprennes à distinguer les visiteurs des intrus. Tu ne peux pas interdire à tout le monde de nous rendre visite.

D'ailleurs, nous en reparlerons un de ces jours. Pour l'instant, rentrons, il importe que tu te reposes, car tu viens de vivre une expérience assez éprouvante.

J'entrai dans la maison et me laissai dorloter par Fuseline durant toute la soirée, tandis que le visage de Bonobo s'éclairait d'un sourire béat. Il répéta au moins trois fois dans la soirée :

— Un chien ne devient vraiment un chien qu'après l'épreuve du porc-épic. C'est là qu'on voit ce qu'il a dans le ventre.

LE PETIT MAXIME

Bonobo me faisait la classe tous les jours et, pour me récompenser de mes efforts, il me montrait toutes sortes de jeux. Il lançait une balle aussi loin qu'il pouvait et j'allais la chercher et la lui rapportais en courant. Mon jeu préféré, c'était le jeu de l'assiette. Bonobo lançait une assiette légère, qui flottait sur le vent comme une aile d'oiseau, et je courais l'attraper au loin avant qu'elle ne touchât le sol, la plupart du temps, au risque de me rompre le cou dans des sauts d'une acrobatie téméraire. Il fallait entendre Bonobo me vanter devant ses amis: un véritable délire!

— Kami bat tous les receveurs de passe du football américain réunis! s'écriait-il, inspiré comme un prophète. À elle seule, elle battrait n'importe quelle équipe!

Les louanges hyperboliques de Bonobo, si pleines de tendresse et d'une outrance si touchante, me faisaient rire dans mes courtes moustaches.

Il y avait deux terrains de jeu sur notre domaine: l'un, plutôt petit, en bordure du chemin, à l'avant du potager et de la rocaille; l'autre, beaucoup plus vaste, situé derrière la maison. Le premier servait surtout à mes flâneries pendant que Bonobo cultivait son jardin. Le second, mon préféré, était réservé aux grands jeux. Mais attention aux arbres de la forêt voisine!

Un jour, je jouais au jeu de l'assiette avec Bonobo. Il avait fait un superbe lancer. L'assiette planait, haute comme un nuage, et semblait ne plus vouloir jamais retomber. Je courais, courais, courais, la tête pointée vers l'arrière, le regard rivé sur l'assiette, bien décidée à l'attraper, lorsque tout à coup, boum! je heurtai un cylindre de bois solide comme un roc. Par instinct sans doute, j'avais eu le temps de bander les muscles de mes épaules qui absorbèrent le plus gros de l'impact. Quel choc! J'eus l'impression que tout mon corps se disloquait. Je tombai à la renverse, boulai deux tours complets et restai étendue, inerte et pantelante. Inquiet, Bonobo s'approcha, se pencha sur moi, me tâta doucement les membres en disant:

— Gros bobo, Kami? Où gros bobo? Hein, Kami, où gros bobo?

Bonobo s'inquiétait de ma santé! Donc, Bonobo m'aimait! Il se mit à me masser les épaules et à bouger mes jambes dans tous les sens en palpant les muscles et les os. Cela me faisait du bien, car ses gestes étaient à la fois vigoureux et tendres. Je me laissai dorloter un long moment, léchai la main secourable, me levai et, titubante, me mis à marcher lentement. Bonobo m'amena faire un petit tour dans la forêt pour me récompenser de ma bravoure et me remettre les os et les muscles en bonne place.

Je profitai de cette marche tranquille pour lui dire :

— Tu sais Bonobo, il y a une chose qui m'agace. Pourquoi utilises-tu toujours ce petit nègre lorsque tu veux te montrer gentil avec moi ? Ça me déplaît souverainement. Ce n'est pas ainsi que l'on s'adresse à une patricienne.

Bonobo en resta interloqué. Il devint songeur puis, au bout d'un long moment, il me dit :

— Tu as donc grandi si vite, ma petite Kami ? Tu n'acceptes déjà plus que je te parle comme à un jeune enfant ? Car ce petit nègre que tu ne veux plus entendre, sais-tu ce que c'est ?... C'est la langue de l'amour que nous, les humains, nous parlons à nos enfants à l'âge tendre... Tu es donc devenue une grande adolescente puisque ce langage ne te va plus. D'accord, je te parlerai désormais comme à une adulte.

En rentrant à la maison, je me sentais le cœur gros d'avoir semé un peu de tristesse dans l'âme de Bonobo.

Suivant les enseignements de mon maître, j'avais établi mon autorité sur tout notre domaine et Bonobo en tirait grande vanité, déclamant à tout venant :

— Il n'y a pas un être mal intentionné qui oserait s'aventurer sur mon terrain depuis que Kami fait la garde. Même les ratons laveurs ont cessé de faire mes poubelles!

Les dithyrambes de Bonobo flattaient mon orgueil et réchauffaient mon zèle. L'œil ouvert, l'oreille attentive, la narine frémissante, je veillais.

Lorsqu'il se présenta pour la première fois, je fus prise au dépourvu. Un petit d'homme! Devais-je le chasser ou le recevoir? Avais-je affaire à un intrus ou à un visiteur? Bonobo ne m'avait pas encore enseigné la différence.

C'était jour férié et Bonobo sarclait son jardin. Comme le petit d'homme manifestait le désir de jouer avec moi, j'allai le présenter à Bonobo et lui demandai si nous pouvions jouer ensemble.

Bonobo, cet incorrigible bavard, entama une interminable conversation avec le petit. Il s'appelait Maxime... Il avait huit ans... Il avait une petite sœur, de deux ans sa cadette... Il habitait la maison voisine du côté ouest... Oui, chez Alfred... Non ce n'était pas son père... Nouveau dans la région, il venait de la ville voisine... Son père les avait abandonnés, lui, sa mère et sa sœur... Sa mère était venue rejoindre Alfred pour vivre avec lui et elle les avait amenés avec elle... Non, Alfred n'avait pas d'enfant à lui... Il n'avait plus de femme non plus... Alfred, c'était un gentil, un doux, un ami de sa mère...

Lassé de cet interrogatoire en règle, Maxime demanda à brûle-pourpoint:

— Comment il s'appelle votre chien?

— Kami, répondit Bonobo.

— Ça veut dire quoi, Kami?

— Ça veut dire petit roi.

— Je peux jouer avec lui?

— Avec elle. C'est une femelle.

— Je peux jouer avec elle?

— Oui, mais sois doux. Un berger allemand, ça ne se laisse pas maltraiter.

— Elle est bien trop belle pour que je lui fasse du mal, dit Maxime en me regardant droit dans les yeux.

Ce regard d'enfant n'avait rien d'agressif: c'était un appel à l'amitié. À mon tour, je le regardai droit dans les yeux et le petit Maxime comprit tout de suite que je voulais bien être son amie. Les enfants, c'est comme nous les chiens, ça comprend d'instinct.

Bonobo lui donna une balle et nous partîmes jouer sur le terrain de jeux derrière la maison. Puis, nous fîmes une courte promenade dans la forêt. Je sentais l'enfant profondément triste. Il s'assit par terre, le dos appuyé sur le tronc d'un arbre, l'esprit ailleurs, l'œil humide d'une grande peine. J'allai me coucher tout près de lui et laissai ses petites mains fourrager distraitement dans les longs poils de mon cou pour lui dire, à ma manière, mon chagrin de le voir si mélancolique. Au bout de quelques instants, il se leva, alla dire au revoir à Bonobo et rentra chez lui, le cœur lourd de la muette souffrance des orphelins.

Il revint souvent le petit Maxime, presque à tous les jours durant les grandes vacances d'été. Il jouait quelques instants avec moi et allait ensuite causer avec Bonobo, tout en lui donnant un coup de main aux travaux du jardin. Il passait ainsi de longues heures avec lui et la conversation ne dérougissait pas. Alfred ne savait pas causer, paraît-il, et j'avais l'impression que le petit Maxime se cherchait un confident. Aussi se sentait-il trop heureux de trouver en Bonobo une oreille attentive et une langue bien pendue.

J'entendis, un jour, Maxime raconter à Bonobo qu'il ne voyait presque plus son père et qu'il en éprouvait un terrible chagrin. Il ne pouvait le voir qu'une fois toutes les deux semaines et durant quelques heures seulement. Tout en lui manifestant de la sympathie, Bonobo évitait de le prendre en pitié, car Bonobo hait la pitié, celle que l'on prodigue tout autant que celle que l'on reçoit.

— La pitié est dégradante, répète-t-il souvent, elle avilit. C'est de la compassion arrogante, une charité narquoise. Le malheureux n'a pas besoin de pitié, il lui suffirait d'un peu de justice.

Bonobo se plaisait à traiter Maxime comme un homme. Il lui enseignait à se prendre en mains, à bâtir son avenir sans dépendre des autres. Il l'encourageait à persévérer à l'école et à y travailler avec beaucoup d'ardeur à se forger un esprit libre de tous les despotismes.

— La liberté, disait Bonobo sentencieux, tu la trouves d'abord dans ta tête. Car dans ta tête, mon petit Maxime, nul tyran n'y peut entrer de force. Même les paroles que je te dis maintenant, tu peux les loger dans ta tête ou les laisser dehors. Ne jamais se laisser imposer les idées des autres, mais les trier avec soin et ne garder que celles qui nous paraissent justes, telle est la seule vraie liberté.

Maxime dit tout à coup à Bonobo qu'il serait cultivateur lorsqu'il serait grand.

— Pourquoi un cultivateur? demanda Bonobo.

— Parce que c'est un métier libre. Tu n'as pas de patron qui te dit quoi faire.

— J'ai grandi sur une ferme, dit Bonobo sur un ton de confidence, comme s'il livrait à Maxime un secret jalousement gardé. J'ai cultivé la terre durant quelques années. Quel métier!...

Maxime attendit la suite, respectueux du silence de Bonobo lourd de mélancolie. Bonobo avait aimé la terre, mais elle s'était montrée ingrate à son égard.

— Ah! La terre! soupira-t-il. Elle te trompe, comme une femme infidèle.

— Je retourne jouer avec Kami, dit soudain Maxime, qui semblait craindre que la nostalgie de Bonobo n'ajoute à son propre chagrin d'enfant.

Maxime cessa tout à coup de venir nous visiter. Je demandai à Bonobo s'il en connaissait la raison.

— Ne t'inquiète pas, me dit-il, Maxime reviendra. Il nous aimait trop pour nous quitter sans nous dire adieu.

Un jour que nous étions allés nous promener vers l'ouest, moi, Fuseline et Bonobo, quelle ne fut pas notre surprise de voir la maison d'Alfred juchée sur une immense plate-forme traînée par un gigantesque tracteur! Alfred partait pour l'autre bout du monde en emportant sa maison. Il nous quittait sans nous avoir dit adieu. Non, décidément, Alfred ne savait pas causer.

Et Maxime? Jamais plus je ne revis ce petit d'homme qui s'appelait Maxime. Je me demande parfois ce qu'il est devenu. Un cultivateur? Peut-être pas. C'était un rêve, un rêve d'enfant et, comme tous les rêves d'enfant, un rêve inachevé.

RUSE DE MUSTÉLIDÉ

Bonobo se fait volontiers sentencieux. Que de fois ne m'a-t-il pas répété:

— Une seule expérience ne mène pas à la sagesse.

Si mon aventure avec le porc-épic m'éloigna d'une manière définitive d'un animal aussi grotesque, une autre expérience, aux effets plus durables mais moins douloureux, allait m'apprendre à me méfier des petites bêtes mignonnes aux manières enjouées. Je ris de cette aventure aujourd'hui mais, à l'époque, elle avait failli me rendre folle.

Tous les trois, moi, Fuseline et Bonobo, assis sur le perron derrière la maison, nous prenions l'apéro, selon une habitude qui allait devenir une tradition de notre famille, savourant en silence la fraîche brunante de cette belle soirée du mois d'août. Couchée les pattes pendantes sur le bord du perron, je grignotais les petites gâteries que me donnait Fuseline lorsque soudain, je flairai, au loin, une sorte de suint caustique. Ni Fuseline ni Bonobo n'avaient rien senti.

À mon avis, les humains ne savent pas sentir. Ils sont anosmiques. Ils ne savent pas regarder le monde avec leur nez. Pour eux, l'odorat se situe en fin de liste de leurs facultés alors que, pour nous les chiens, le flair est le roi des sens. Selon les spécialistes, la zone olfactive de l'homme couvrirait à peine trois centimètres carrés tandis que chez le chien elle engloberait plus de cent trente centimètres carrés ; l'homme posséderait cinq millions de cellules olfactives et un berger teuton de race, deux cent vingt millions ! On comprend donc aisément que, en matière de nez, les humains ne nous arrivent pas à la cheville.

Le langage des hommes, farci de couleurs et de sons, fait preuve d'une affligeante pauvreté pour traiter des odeurs. Ils peuvent combiner les sons de mille manières fort agréables, mélanger les couleurs en une infinité de nuances et de lumières séduisantes, mais ils manquent d'imagination et d'audace pour combiner les arômes et inventer de nouvelles fragrances. Leur univers visuel et sonore resplendit d'une luxuriance stupéfiante tandis que leur science des odeurs moisit dans une navrante banalité. Leurs musiciens, leurs poètes et leurs peintres foisonnent, mais on compte sur les griffes d'une patte leurs parfumeurs dignes de mention.

Constat d'autant plus étonnant que l'odorat, solidaire du souffle, puisque l'un ne va pas sans l'autre, est le sens le plus essentiel à la vie. Un aveugle ou un sourd peut survivre, mais nul être vivant ne peut subsister sans respirer et du même coup saisir des odeurs. On peut se soustraire aux couleurs en fermant les yeux, et aux sons en cessant de prêter l'oreille, mais on ne pourrait se soustraire aux odeurs sans cesser de respirer, sans cesser de vivre. Il n'existe aucune défense contre les odeurs. Elles nous assaillent, nous pénètrent sans crier gare, nous inondent, impérieuses et irrésistibles.

Voilà donc une autre de ces bizarreries humaines : l'homme ne sait pas se servir de son nez, l'organe le plus précieux de tous. Il semble croire que ce noble appendice ne sert qu'à souffler dedans pour en extraire les humeurs visqueuses. Même les plus doués ignorent la manière de s'emparer des odeurs, de les trier, de les classer, de les retenir, de les collectionner.

Prenez Bonobo, par exemple. Lorsqu'une odeur le frappe et qu'il se concentre pour la capter, il aspire l'air par petits coups brefs et saccadés. Résultat : il perçoit des parcelles, des débris d'odeur, jamais la fragrance de fond dans toute sa rondeur et toute son opulence. Or, c'est le contraire qu'il faut faire. Il faut prendre une longue et lente inspiration et la retenir un bon moment pour s'imprégner de l'odeur en sa totalité. Ensuite, on expire par petites bouffées, bien isolées les unes des autres par des pincements de narines, en poussant l'air dans le nez tout en maintenant la langue pressée sur le palais et imprimant de brefs et rapides frémissements aux joues. Chacune de ces bouffées dégage un élément odorant particulier qu'il s'agit de reconnaître, de fixer et de stocker en mémoire. Le rappel se fait ensuite par la recomposition des éléments pour retrouver l'odeur fondamentale.

Voici, par exemple, comment je renifle mes maîtres. Les deux sentent la campagne, chacun d'une manière différente.

Bonobo sent la terre. L'humus est sa fragrance de fond, forte, lourde, ronde et comme recroquevillée sur elle-même; une odeur adhérente, qui lui colle à la peau sous l'action d'un puissant fixatif. En expirant par petites bouffées, je peux distinguer, entre autres, la sueur musquée, un suint cuivré, la résine vinaigrée, les cendres humides, l'urine rance, le cuir gras, le crottin d'agneau, le sperme séché, la paille moisie, le thym sauvage, la fritillaire et l'avoine mûre. Une odeur grasse, puissante, envoûtante. Un concentré troublant, un appel impérieux aux œuvres de chair.

Fuseline, elle, fleure le lait embaumé de jacinthe. Contrairement à Bonobo, son arôme de fond est subtil comme l'éther, léger comme une brise de printemps, évanescent comme un nuage. Il se répand, se disperse, s'étale, conquérant volage d'une narine naïve qu'il enivre un instant pour se lancer aussitôt à la conquête d'une autre maîtresse. Comme un bouton avant d'éclore, l'odeur de Fuseline ne se laisse pas facilement capturer. Il faut y mettre beaucoup de soin pour réussir à percer son mystère composé de lait chaud, de coton vaporeux, de buis mouillé, de mousse fraîche, de fromage doux, de lavande, de jacaranda bleuté, d'iris cinabre, de nourrisson, de beurre, de miel, de mie de pain et de noisette mûre.

Je reconnaîtrais mes maîtres à des kilomètres à la ronde avec autant de sûreté que si on me présentait leur code génétique.

Ce soir-là donc, je perçus une sorte de suint caustique, une odeur qui ne m'avait jamais effleurée auparavant. Narines frémissantes, je me levai sans hâte et me dirigeai d'un pas félin vers la remise au fond du jardin, d'où venaient ces étranges effluves.

Là, derrière la remise, j'aperçus une bête fort jolie en train de jouer avec ses deux petits. Drôle d'animal, au pelage noir avec deux raies blanches qui lui partaient de la nuque, couraient sur le dos en lignes parallèles et se rejoignaient à la queue large et touffue. La bête semblait mignonne et enjouée. C'était une mouffette, de la famille des mustélidés, m'a expliqué plus tard Bonobo, qui sait tout. D'une voix forte et impérieuse, je clamai mon défi loin de la bête :

Je suis Kami,

bergère teutonne,

auguste patronne

de ces taillis.

Je suis Kami,

terrible guerrière,

souveraine altière

de ces prairies.

Je suis Kami,

canine acérée

reine incontestée

de ce logis.

Puis, je signifiai à la bête qu'elle se trouvait sur mes prés, qu'elle ne pouvait sans ma permission y folâtrer avec ses petits, qu'elle devait aussitôt repasser la frontière et aller jouer ailleurs. Alors, elle se plaça entre ses petits et moi et se mit à piétiner le sol de ses mains comme si elle m'invitait à danser. Je m'avançai prudemment. Elle exécuta un lent demi-tour, baissa la tête, leva la queue droite comme un cierge et me lança en plein visage un liquide caustique, tellement nauséabond que je faillis perdre conscience sur place. Je sentis une vive brûlure aux yeux et à la truffe et perdis tout sens d'orientation. J'entendis Bonobo qui disait:

— Il y a une bête puante dans le coin!

— Kami, s'écriait Fuseline, c'est Kami! Je te gage qu'elle est allée chasser une mouffette!

Puis elle se mit à m'appeler:

— Kami! Houhou!... Houhou!... Kami! Viens mon petit chaton!

Je me guidai sur le son de sa voix. Lorsque Bonobo me vit approcher en titubant, la truffe crispée et les yeux larmoyants, il s'exclama:

— Quelle horreur! Il fallait que ça lui arrive un jour, fureteuse comme elle est.

Puis il se mit à me morigéner:

— D'où est-ce que tu sors, espèce de belette? Tu ne sais pas que les mouffettes, il ne faut pas les approcher?

Justement, je n'en savais rien. Cette sale bête m'avait eue par traîtrise; une bête puante, hypocrite et sans éducation, et qui n'avait aucune dignité.

— Tu as l'air fin, maintenant, tempêtait toujours Bonobo. Tu es prise pour sentir ça jusqu'à la fin de tes jours. Tu vas être la risée de tout le canton.

Alors ça, c'était trop fort! Je me fâchai et me mis à hurler à Bonobo:

— Très bien! Tu le garderas à l'avenir ton maudit domaine! Tu aurais pu me le dire, non, que ce gentil petit animal était une sale bête, répugnante et inabordable, dont il fallait me tenir éloignée! Mais non! Il faut que j'apprenne tout par moi-même. Eh bien, moi, j'en ai marre et, à partir de maintenant, je ne fais plus la garde!

Alors Bonobo se radoucit.

— Il ne faut pas te fâcher comme ça, me dit-il d'un ton conciliant. Quand je m'énerve, ça me fait dire de gros mots. Viens, je connais un remède efficace contre cette puanteur. Mais il faudra que tu restes dehors toute la nuit. On ne va tout de même pas te laisser empester la maison.

Bonobo m'attacha à ma chaîne. La panique s'emparait de moi.

— Mes yeux! implorai-je Bonobo. Est-ce que je vais rester aveugle jusqu'à la fin de mes jours?

— Mais non, répondit Bonobo, ça va passer, ne t'énerve pas pour rien!

Et il partit rejoindre Fuseline dans la maison. Au bout d'un moment, je la vis qui partait en toute hâte. Je paniquai pensant que Fuseline m'abandonnait et ne voulait plus vivre avec moi.

— Mais non, me dit Bonobo, impatient. Fuseline ne te quitte pas. Elle est allée chercher le remède.

De fait, Fuseline revint sans tarder et ils se mirent à l'œuvre. Dans un grand bac de plastique, ils versèrent une énorme quantité d'un jus rouge comme du sang, me firent entrer de force dans le bac et se mirent à m'arroser et à me frotter sans aucun ménagement, du bout de la truffe au bout de la queue, en poussant des pfouah! sans arrêt. Puis, ainsi baignée, ils me laissèrent dehors toute la nuit.

Je ne pus fermer l'œil. À la puanteur caustique de la mouffette se mêlait l'âcre relent du jus de tomate en train de surir dans mes poils. Je ne pensais plus à faire la faraude. Mon pedigree se dissolvait, imprégné d'une infecte fétidité et éclaboussé d'une sauce aigrissante. Au matin, mes maîtres eux-mêmes levèrent le cœur sur moi. Quelle honte! Quelle déchéance! Moi, bergère teutonne, patricienne de race! Bonobo me donna un peu d'eau fraîche et j'eus l'impression que tous deux partaient au travail avec plus de hâte que d'habitude.

Comme ma solitude fut triste ce jour-là! Je me disais que mes maîtres avaient un tel dégoût de moi qu'ils n'allaient plus revenir et qu'ils m'avaient abandonnée.

— C'en est fait de moi, me lamentais-je; si jamais ils reviennent, ils vont aller me perdre dans une forêt lointaine ou dans un endroit désert.

Seule consolation, j'avais recouvré la vue au cours de la nuit et je pouvais observer de nouveau tout ce qui se passait autour de moi.

En fin d'après-midi, lorsque mes maîtres revinrent du travail, j'avais atteint un degré de puanteur intenable.

— C'est atroce, disait Bonobo à Fuseline, une vraie charogne vivante! Je ne crois pas que le jus de tomate soit le bon remède.

Mais Fuseline avait trouvé un autre antidote:

— J'ai entendu dire aujourd'hui par des collègues qu'un bain de café est le seul vrai remède contre l'odeur de mouffette.

— On ne perd rien à l'essayer, assura Bonobo.

Et il partit aussitôt chercher quelques kilos de café moulu qu'il fit bouillir. Il y mit quelques glaçons pour le refroidir, en remplit le même bac de plastique dont il s'était servi pour mon bain de jus de tomate. Après m'avoir copieusement rincée au boyau d'arrosage, il me laissa de longues minutes mariner dans ce liquide noirâtre à l'odeur plutôt agréable. Il se montrait si désespéré que je me laissai faire tout à son gré. Il me sécha ensuite avec des linges grands comme des draps, tout en me racontant des histoires.

— Il y a des experts, papotait-il, qui prétendent que l'odeur de mouffette est indélébile et que la seule solution consiste à brûler les vêtements et les objets contaminés. Tu te rends compte, ma pauvre Kami, selon eux, il faudrait te brûler vive! Comme les méchants Anglais ont fait de Jeanne d'Arc!

Si je n'avais vu papilloter les yeux de Bonobo, la panique se serait emparée de moi. Mais j'avais lu dans son regard qu'il me taquinait.

Le lendemain, tout en répétant le bain de café, la compassion de Bonobo était à la mesure de son bavardage.

— Ma pauvre Kami, qu'il me disait, elle ne t'a pas manquée la mouffette! Ah la la! Tu vas t'en souvenir longtemps, pas vrai? Tu vas sentir l'ammoniaque pour une éternité, ma pauvre Kami. Mais ne t'en fais pas, on va en venir à bout de cette sale odeur. Tu vas te hâter de jeter le reste de ton poil. Je vais t'aider en te brossant vigoureusement tous les jours. Le matin, avant de partir pour le travail, je vais frotter ton poil avec de la poudre de café. Durant le jour, tu te rouleras dans la poussière et dans l'herbe tant que tu pourras. Tu verras, ça va s'améliorer de jour en jour pour finir par disparaître complètement.

Bonobo espérait! Et s'il espérait, c'est qu'il m'aimait! On n'a d'espoir que pour ce que l'on aime. Si j'allais le jeter mon poil! Si j'allais me rouler dans la poussière et dans l'herbe! Tout ce que Bonobo demanderait, je le ferais avec ferveur et ténacité. J'avais une telle confiance en lui!

Un mois plus tard, j'entendis Fuseline dire à Bonobo:

— Elle sent encore.

— Oui, avait répondu Bonobo, mais il y a du progrès. Encore un peu de temps et il n'en restera rien.

Petit à petit, avec les mois, l'odeur de caustique disparut entièrement. Mais jamais ne disparut de ma mémoire l'image d'un petit animal mignon et enjoué me tournant lentement le derrière pour m'arroser de son fiel empoisonné. La leçon avait porté : jamais plus je ne m'approchai d'une mouffette, toute mustélidée qu'elle fût.

COMPLICITÉS

AU FIL DES JOURS, une double complicité s'établit avec mes maîtres. Comme on se l'imagine bien, mes rapports avec Bonobo diffèrent de mes relations avec Fuseline.

Bonobo, c'est la parole, le verbe raisonneur. Nous causons sans arrêt. Fuseline se moque de lui, tendrement :

— Ils viendront nous dire ensuite que les femmes sont bavardes ! Écoutez-le celui-là, la margoulette ne lui arrête pas !

De fait, Bonobo peut être fin causeur, lorsqu'il se libère de son tic professoral. Curieux de nature, il veut tout savoir et tout enseigner. Il n'a jamais laissé sans réponse un seul de mes pourquoi d'enfant.

Fuseline, c'est autre chose. Bonobo parle, Fuseline palpe ; Bonobo m'éduque, Fuseline me câline ; Bonobo a le savoir au bout de la langue, Fuseline a le mystère au bout des doigts. Fuseline, c'est le souffle, le vent qui coule sur la peau ; sa caresse effleure, sinueuse, longue et tendre ; sa touche exhale la chaleur originelle de la première rencontre de la femme et du loup : la chaleur de la fascination et du tremblement. De chacun de ses effleurements se dégage l'odeur primitive de l'amour et de l'angoisse. La caresse de Bonobo, au contraire, est rude, sèche, impérieuse, brutale même parfois. Il gratte, frotte, fourrage, presse, tord, tape et claque de ses larges mains épaisses aux doigts courts et boudinés. Sa caresse à lui est un jeu de chien ; sa caresse à elle, un badinage de chatte. J'adore l'une et l'autre, selon mon humeur.

Moi et Fuseline, nous sommes souvent de connivence contre Bonobo. Nous nous amusons de ses travers. Il se prend pour un tsar, a le verbe haut et fort, la grogne facile, le vouloir tyrannique et la gouverne rigoureuse. Mais, sous les dehors d'un lion râleur, il a le cœur en charpie, mon Bonobo. Ses fragiles tendresses se cachent sous d'anodines brusqueries. Aussi, loin de nous inspirer, à moi et à Fuseline, la crainte révérencieuse qu'il espère, nous donne-t-il plutôt l'occasion de quelques moqueries inoffensives.

Malgré toutes les connivences qui me lient à Fuseline, je sens que ses préférences vont à Bonobo. Cela m'attriste car je suis d'un naturel jaloux et exclusif. Je ne puis endurer qu'ils se fassent des mamours devant moi. Ils veulent s'aimer ? Qu'ils s'aiment ! Se caresser ? Qu'ils se caressent ! Mais qu'ils ne viennent pas ensuite me faire des tendresses hypocrites ! Il m'est arrivé plus d'une fois de les séparer lorsqu'ils prolongeaient indûment les chatteries de leurs retrouvailles après le travail.

Un jour, Bonobo arriva le premier du travail. Après m'avoir parlé affectueusement, comme il le faisait toujours depuis que je vivais dehors, il sortit une balle et nous commençâmes à jouer.

Fuseline arriva à son tour. Il me planta là comme un vulgaire jouet, s'approcha de Fuseline et les deux se mirent à se minoucher et à se faire un tas de caresses indécentes. Je me glissai entre eux deux et les séparai. Je n'ai jamais toléré qu'ils s'aiment sans moi. Puis ils entreprirent une conversation interminable. Fuseline, ma douce, ma tendre Fuseline, n'avait même pas eu un bref regard pour moi.

Devant cette ignoble conduite, j'eus recours aux grands moyens. Je me suis mise tout à coup à hurler de douleur, à me rouler par terre dans des convulsions hystériques, à me frotter la tête sur le gravier et à me raidir les jambes comme une épileptique. Ils pétrifièrent! Littéralement! Jamais je n'avais vu les yeux de Bonobo si vastes d'inquiétude. Fuseline demanda:

— Qu'est-ce qui lui prend tout à coup? Elle est malade?

La voix était chargée d'anxiété.

— C'est gagné de ce côté-là, me dis-je.

Bonobo se pencha et me toucha doucement le flanc en me demandant:

— Où le bobo?

L'inquiétude laissait percer un tantinet de suspicion. Je redoublai mes cris et mes spasmes. La perplexité se lisait dans les yeux de Bonobo.

— Je n'y comprends rien, dit-il à Fuseline. Tout à l'heure, elle jouait à la balle avec tellement d'ardeur.

— Elle s'est peut-être piquée une épingle ou une éclisse dans la gueule.

Il m'ouvrit la gueule, me tâta les gencives d'un doigt incertain.

— On va la mener chez le vétérinaire, dit soudain Bonobo.

— Oh! Oh! Attention, me dis-je, ça se corse! Il ne faut pas exagérer car, moi et les vétérinaires, ce n'est pas le grand amour.

Bonobo lui-même m'apporta le salut. D'un coup de pied distrait, il fit rouler la balle à quelques mètres. Je courus la chercher et la lui rapportai. Je ne voulais pas aller chez le vétérinaire.

— La petite gueuse! s'écria Bonobo. Elle n'est pas plus malade que la chatte! On aurait eu l'air fin chez le vétérinaire! Elle a bien failli nous avoir.

— Failli! ricanai-je. Je vous ai eus, mes chers. Vous l'avez interrompue votre interminable conversation et c'est tout ce que je voulais. Que vous vous occupiez de moi lorsque vous rentrez du travail!

La leçon a porté: jamais plus ils oublièrent de me saluer à leur retour du travail.

Si j'accepte difficilement les caresses que Bonobo et Fuseline se prodiguent l'un l'autre, celles qu'ils dispensent aux autres chiens me font horreur. Il n'y a rien qui me révolte davantage que de voir mes maîtres s'abaisser à flatter des cabots infestés de vermine, des corniauds pelés, des bâtards faméliques et coprophages. Inutile de vous décrire le dégoût que j'éprouve ensuite de leurs caresses! Moi, bergère teutonne, patricienne de race, subir les outrages de mains souillées à des pelages sans pedigree!

Et pourtant, malgré toutes mes remontrances et tous mes dédains, jamais mes maîtres ne mirent fin à ces répugnantes promiscuités. Comme si moi, la plus belle, la plus propre, la plus élégante, en un mot, la reine de tous les chiens du canton, je ne pouvais suffire à leurs besoins de tendresse.

BOUQUIN LE LIÈVRE

LES JOURS S'AJOUTÈRENT AUX JOURS, les semaines aux semaines. Durant les jours de travail, j'occupais mes longues heures de solitude à dormir, à attendre, à espérer. Non, je ne tuais pas le temps. On ne tue pas le temps, on lutte contre. Par le souvenir et par le rêve. En télescopant dans l'instant présent tous les émois d'hier et tous les espoirs de demain.

Chaque retour de Fuseline devenait une fête de velours : paroles enjôleuses, minauderies, chatteries et, ce qui ne gâtait rien, quelques friandises.

Chaque arrivée de Bonobo tournait au carnaval de déments : sauts acrobatiques, courses hallucinantes, luttes musclées, qui ne cessaient que lorsque Bonobo se retrouvait à bout de souffle.

Parfois, des surprises venaient rompre la monotonie de mon isolement. Ainsi, un jour, restée seule après le départ de Bonobo au travail, ma chaîne tomba de mon collier. Le mousqueton, mal bloqué sans doute, s'était dégagé de l'anneau, me laissant libre pour toute la journée. La liberté ! Pour une journée entière !

J'arpentai d'abord le domaine en tous sens, flairant attentivement toute odeur étrangère, pointant l'oreille à tout bruit insolite, inspectant toute forme inconnue. Puis je fis une petite sieste sous mon grand pin.

À mon réveil, je me mis à faire les cent pas sous ma corde, comme d'habitude. On a peine à croire à la liberté quand on en a été longtemps privé. Lorsqu'enfin je me rendis compte que je pouvais aller où je voulais, je me mis à réfléchir. On ne s'approche de la liberté qu'avec d'infinies précautions.

— Où aller? Que faire?... La route? Pas question, trop dangereuse!... Les voisins? Et si l'on me chassait brutalement? Ou pire, si l'on appelait la police des animaux pour me ramasser et m'enfermer?... La forêt derrière? Pourquoi pas? Mais je devrai prendre garde à ne pas m'y perdre. Il faut que je sois revenue pour le retour de mes maîtres. Décidément, l'apprentissage de la liberté n'est pas chose facile.

J'optai donc pour la forêt. Lentement, prudemment d'abord, en suivant la piste tracée par mes maîtres. Puis je m'enhardis à quitter le sentier, alléchée par de capiteux effluves qui émanaient d'une garenne.

Soudain, je vis, à demi caché sous un buisson, un petit animal affublé de longues oreilles et d'une courte queue. Je le saluai poliment et il me rendit mon salut avec civilité.

— Quel est ton nom? lui demandai-je.

— Bouquin, dit l'animal, Bouquin, lièvre de garenne. Et toi, comment t'appelles tu?

— Je suis Kami, répondis-je, bergère teutonne, patricienne de race.

— Tu habites chez les hommes?

— Oui.

— Tu travailles pour eux?

— Oui.

— Quels sont les travaux que tu dois faire pour eux?

— Je suis la gardienne du domaine. Je dois veiller à ce qu'aucun intrus ne s'installe sur nos terres. Je dois chasser tout être indésirable qui erre près de la maison.

— Et pour ce travail, comment les hommes te paient-ils?

— On me donne à manger dans une écuelle par terre.

— Et les hommes, est-ce qu'ils mangent par terre, eux?

— Non. Ils mangent sur une table.

— Est-ce qu'ils mangent la même chose que toi?

— Non. Moi, ils me donnent des croquettes, sèches et dures; eux, ils mangent des viandes tendres et juteuses.

— Comment le sais-tu?

— Parfois, ils me jettent des restes de leur table.

— Qu'est-ce que tu portes autour du cou?

— Un collier.

— Ça sert à quoi?

— À m'attacher.

— Tu n'es donc pas toujours libre?

— Non. Je ne suis jamais libre quand je suis seule.

Alors, les yeux de Bouquin, remplis d'inquiétude, roulèrent dans tous les sens et il se mit à trembler de tous ses membres.

— Tu n'es pas seule, maintenant?

— Oui, je suis seule. Mais c'est un hasard. Bonobo a mal fixé le mousqueton, ce matin, avant de partir au travail. C'est pour ça que je suis libre toute la journée.

— Qui c'est Bonobo?

— C'est mon maître.

— Il a une femme?

— Oui, elle s'appelle Fuseline.

— Ils sont tes maîtres, tu dis?

— Oui.

— Tu les aimes?

— Oui.

— Comment peux-tu les aimer? demanda Bouquin, incrédule. Un esclave peut-il aimer ses maîtres?

Puis, après un moment de silence, il ajouta:

— Pauvre toi! Quitte ces lieux maudits au plus tôt! Tu travailles pour les hommes et ils te traitent en esclave. Ils te font manger par terre! Ils te jettent la nourriture à bout de bras! Ils te tiennent captive toute la journée! Quelle horreur! Non! Laisse-les, viens vivre dans la forêt, libre comme moi.

— Et pourtant, tu trembles de peur, dis-je à Bouquin. La liberté est-elle si redoutable?

Je rentrai tranquillement à la maison en songeant aux étranges paroles de Bouquin le lièvre.

Fuseline arriva la première.

— Ah! Mon petit chaton est détaché, s'écria-t-elle. Comment as-tu fait?

— Ce n'est pas de ma faute, dis-je, Bonobo a mal fixé le mousqueton, ce matin.

— Mais tu es restée avec nous, c'est bien, très bien! Tu nous aimes donc beaucoup, pas vrai?

Pour toute réponse, je lui fis un clin d'œil mouillé.

Bonobo arriva à son tour. Fuseline lui raconta tout de suite qu'elle m'avait trouvée libre parce qu'il avait mal fixé le mousqueton, le matin, avant de partir au travail. Un voile d'inquiétude passa dans le regard de Bonobo. Ce soir-là, il refusa de jouer. Il voulut tout savoir de ma journée.

— Comme ça, dit-il faussement goguenard, ma petite Kami s'est payé une journée de liberté? Ça s'est bien passé? On a fait une belle balade?

Je lui roulai de grands yeux mélancoliques.

— Allons, raconte, dit Bonobo.

Alors je lui racontai ma promenade en forêt.

— Et tu as fait des rencontres? demanda Bonobo soucieux.

— Oui.

— Alors, raconte. Il était beau au moins?

— Ce n'est pas ce que tu penses, répliquai-je. J'ai rencontré une gentille petite bête aux très longues oreilles et à la queue très courte.

— Bouquin! s'écria Bonobo, Bouquin le bavard!... Qu'est-ce qu'il t'a raconté?

Je lui résumai notre conversation en enfonçant le clou de l'esclavage, en prévision de certains adoucissements à la discipline que je comptais obtenir.

Alors Bonobo devint triste. Il me demanda la gorge serrée:

— Et cette redoutable liberté, elle te tente?

— Je ne sais pas.

— L'atavisme lupoïde, sans doute. Et quand penses-tu nous quitter pour aller vivre dans les bois?

— Je ne sais pas.

Alors, je vis les grands yeux de Bonobo se mouiller de toutes les tristesses du monde. Je flanchai.

— Mais non, Bonobo! Tu sais bien que non!

Et me faisant toute câline:

— Comment pourrais-je me passer de toi et de Fuseline?

Alors, Bonobo frotta longuement sa truffe sur la mienne. Il se laissa lécher le menton et me fit toutes sortes de tendresses. Puis nous restâmes un bon moment assis l'un près de l'autre sur le perron en arrière de la maison, à écouter en silence l'appel mystérieux de la forêt profonde. Atavisme lupoïde, atavisme humanoïde aussi. Combien de fois n'irions-nous pas ensemble parcourir ces bois à la recherche d'un obscur destin qui n'est plus le nôtre!

Un jour férié d'hiver, alors que la terre dormait sous un bel édredon de ouate blanche, je me promenais librement à la recherche de quelque nouvelle expérience.

Je reniflai soudain une étrange odeur, comme un remugle d'herbes séchées. Je fouillai sous la neige et fis la découverte d'un tout petit animal au pelage soyeux gris et fauve, avec une queue aussi longue que le reste du corps et souple comme un lacet de bottine. J'appris de la bouche de Bonobo, qui d'autre? que cette bête, de la famille des rongeurs, se nomme mulot ou campagnol. Et Bonobo ajouta que, selon la légende, lorsque le mulot se sent saisir par la queue, il laisse la peau glisser comme un fourreau et peut s'échapper grâce à ce curieux réflexe d'autotomie.

Je voulus flairer ce petit animal de plus près. Il se mit aussitôt sur le dos, toutes griffes dehors, grinçant des dents et laissant entendre de petits cris si aigus qu'ils auraient sûrement échappé à l'oreille d'un humain. Je voulus le saisir entre mes dents pour le porter au grand jour. C'était compter sans la férocité inouïe de ce petit rongeur. Il me mordit la lèvre supérieure, que ses petites dents acérées transpercèrent de part en part, et je sentis de vives brûlures à tout le museau. Je secouai vigoureusement la tête pour le dégager, mais il s'agrippait de toutes ses forces. Finalement, il lâcha prise et se retrouva sur la neige, étourdi et impuissant. D'un coup de patte, je l'aplatis sur le ventre et commençai à lui brosser le dos de mes ongles. Puis, je jouai quelques instants au chat et à la souris, le laissant s'échapper pour le rattraper juste à temps et l'immobiliser tout essoufflé et tremblant. Son poil doux me donna l'envie de me rouler dessus. Il me trouva un peu lourde pour ses reins et je l'entendis geindre.

À un moment donné, j'aperçus Bonobo et Fuseline dans la fenêtre, qui avaient l'air de s'amuser tout autant que moi, et je crus comprendre qu'ils désiraient participer à mes jeux. Je pris donc le mulot dans ma gueule, demandai à entrer et le déposai aux pieds de Fuseline. Jamais je n'entendis un tel cri d'épouvante! D'un saut d'acrobate, Fuseline se retrouva sur la table, se serrant les genoux de ses deux mains et hurlant sa terreur.

— Jette cette sale bête dehors, criait-elle à Bonobo, tout de suite, sinon je vais mourir d'épouvante.

— Cesse de t'affoler, lui disait Bonobo, étouffé de rire. Pauvre petite bête, elle a plus peur de nous que toi tu as peur d'elle! Et puis, les petites bêtes ne mangent pas les grosses! Regarde-la, pauvre bestiole, elle est morte de peur.

Ne comprenant plus rien à tout ce cirque, je m'assis près du mulot en attendant que Fuseline reprenne ses sens. Au bout d'un moment, Bonobo m'ordonna de reprendre ma proie et de la porter dehors. Comme la pauvre bête semblait souffrir beaucoup, je lui cassai la nuque et la portai derrière la remise au fond du jardin. Un prédateur viendrait chercher le corps durant la nuit.

Je revins vers mes maîtres fort déconcertée. Quelle étrange panique s'était soudain emparée de Fuseline, à la seule vue d'un mulot réduit à l'impuissance? Fuseline si brave, si courageuse, et pourtant si trouillarde, si ridicule, devant un mulot éreinté! Une autre de ces bizarreries d'hommes ou, devrais-je dire, de femmes.

— Tu as passé une bonne journée? me demanda, un jour, Bonobo au retour du travail.

— Pas mal, merci. J'ai eu la visite de Bouquin le lièvre.

— Oui? Qu'est-ce qu'il te voulait le petit trouillard?

— J'aime causer avec lui, il connaît beaucoup de choses. C'est un savant, un penseur! Toi, tu dirais un philosophe.

— Ah bon!... Et qu'est-ce qu'il t'a raconté ton petit poltron d'intello?

— Il m'a raconté comment il se fait que nous, les chiens, nous sommes devenus vos esclaves.

— Il a une bien grande gueule, le petit révolutionnaire mais, si jamais vient le temps de monter aux barricades, on le cherchera celui-là. Au lieu de passer son temps à laver le cerveau des honnêtes gens, ce petit Robespierre à la manque ferait mieux d'apprendre à se coucher les oreilles avant qu'on les lui coupe.

— Du calme, Bonobo, du calme! Que de violence dans tes paroles! Je sais que tu ne peux pas le blairer, mais l'histoire de Bouquin ne manque pas de piquant. Tu veux que je te la raconte?

— Raconte toujours.

— C'est l'histoire d'un chien qui se cherchait un maître courageux.

— Comme si tous les maîtres n'étaient pas courageux!

— Bonobo, tu es de mauvais poil et de mauvaise foi. Je te la raconte l'histoire ou pas?

— Raconte, dit Bonobo radouci.

« Il était une fois, il y a bien longtemps, ce devait être à l'ère de mon aïeul persan, un chien qui partit à la recherche d'un maître courageux.

Il alla, en premier lieu, offrir ses services au léopard qui accepta de le prendre à son service pour la nourriture et le couvert.

— Tu dois d'abord me prouver ton courage, dit le chien au roi de la nuit. Je ne veux pas être au service d'un poltron.

— Sois sans crainte, dit le léopard, tu ne mourras pas de faim. Je suis un chasseur qui n'a peur de rien. — Nous verrons, dit le chien en s'éloignant.

Le chien alla se tapir derrière une butte à l'orée d'un bois. À la brunante, au commencement de sa tournée nocturne, le léopard passa par là. Alors, le chien fit soudainement entendre un hurlement effroyable répercuté cent fois par les échos de la forêt. Le léopard prit ses jambes à son cou et disparut dans les bois en moins de temps qu'il n'en faut pour le dire.

Le chien alla ensuite offrir ses services à l'éléphant.

— Tu dois d'abord me prouver ton courage, prévint le chien. Il n'est pas question que je devienne le serviteur d'un poltron.

— Un poltron, moi? dit l'éléphant en toisant le chien de ses petits yeux moqueurs. Ne suis-je pas le roi des forêts? Dis-moi, qu'est-ce qui pourrait bien me faire peur?

— Nous verrons bien, dit le chien d'un ton mystérieux.

Le chien alla se poster derrière un arbre près de la rivière où l'éléphant avait coutume de se désaltérer. L'éléphant vint, en fin d'après-midi, boire et se rafraîchir. Le chien poussa soudain un épouvantable hurlement. À s'en fendre les poumons! L'éléphant se figea, terrifié. Alors, le chien lui dit:

— Tu n'as pu me dissimuler ta peur. Je ne veux pas être ton serviteur. Adieu!

Le chien se rendit ensuite chez le lion et lui dit qu'il se cherchait un maître courageux.

— Je suis le roi de la savane, dit le lion. Je suis brave, je n'ai peur de rien.

— Nous verrons, dit le chien.

Le chien alla s'étendre dans un trou en bordure de la savane. À la tombée du jour, le lion passait par là, lorsque soudain, le chien fit entendre un hurlement si terrifiant que tous les animaux de la savane se réfugièrent dans leur antre. Affolé, le lion cherchait désespérément à se cacher. Le chien lui dit alors :

— Adieu, roi de la savane! Je ne veux pas être le serviteur d'un poltron.

Je me demande, se disait le chien tout en cheminant, si jamais je trouverai un animal courageux dont je serais fier d'être le serviteur.

Il alla offrir ses services à un homme.

— Je me cherche, dit-il, un maître courageux, un maître dont je serais fier d'être le serviteur.

— Fort bien, dit l'homme, je te prends à mon service. Tu verras, je ne manque pas de courage.

— En effet, nous verrons, dit le chien.

Le chien alla se cacher derrière une termitière. Lorsque, en rentrant de ses champs, l'homme passa tout près de là, le chien fit entendre un hurlement tellement sinistre que la termitière en fut secouée jusqu'à la base. Brandissant sa lance, l'homme se préparait à frapper quand, sortant de sa cachette, le chien le supplia de ne pas lui faire de mal. Il lui expliqua le but de son stratagème et accepta de devenir son serviteur.

Et c'est depuis ce temps que le chien est au service de l'homme. »

Et Bouquin ajouta, en me coulant un regard un peu perfide :

— Le chien se croyait supérieur aux autres animaux ; ce fut la cause de sa perte : il devint l'esclave de l'homme.

J'attendis en vain un commentaire de Bonobo. Devenu songeur, il semblait prêt à ruminer mon histoire durant toute la nuit. N'y tenant plus, je lui demandai :

— Comment tu la trouves, Bonobo, l'histoire de Bouquin ?

Bonobo me répondit inquiet :

— C'est une belle histoire mais, à ta place, je me méfierais de Bouquin. Ce petit séditieux cherche à semer en ton âme le poison de la révolte.

Puis, il se fit câlin et, frottant sa truffe sur la mienne, il me disait :

— Ma petite Kami, reste avec nous. Je comprends que tu sois tentée par la liberté. C'est l'appel du loup persan. Mais elle est terrible, la liberté. Elle est cruelle, la liberté. Sais-tu ce qui t'attend au bout du chemin?

— La liberté, dis-je, tout simplement la liberté.

— Nous te laisserons toute la liberté que tu voudras, promit Bonobo.

— Ce n'est pas ça, la liberté.

— Alors, c'est quoi la liberté?

— La liberté... la liberté... c'est d'être libre.

— Etre libre de quoi?

— Précisément, être libre de rien!

— On est toujours libre de quelque chose.

— Etre libre de quelque chose, ce n'est plus être libre. La liberté, c'est un absolu, ça fait référence à rien. On n'est libre que lorsqu'on est libre de rien.

— Oh! Toi, quand tu te mets à philosopher!

Et, après un long moment de réflexion, Bonobo ajouta:

D'après ce que tu viens de dire, personne n'est libre? La liberté, ça n'existe pas? C'est un leurre, pur et simple?

— Je ne te le fais pas dire.

Et je partis chercher une balle, laissant Bonobo les sourcils froncés de perplexité.

MATERNITÉ

J'AVAIS ALORS DIX-SEPT MOIS. Une nuit, j'eus de drôles de sensations: des courants de chaleur me parcouraient le dedans du corps comme des milliers de couleuvreaux; je sentais d'étranges picotements à la vulve et il me semblait que mon derrière se gonflait et qu'il allait bientôt exploser. Je devins nerveuse et me mis à arpenter la maison. Prise d'une soudaine fringale, je descendis au sous-sol pour trouver quelques restes. Rien! Tout à coup, je sentis un liquide chaud et visqueux me couler sur les cuisses. Je me traînai le derrière par terre pour m'essuyer et vis que je perdais du sang.

Alors, je paniquai. Je courus à la chambre de mes maîtres, grattai furieusement leur porte jusqu'à ce qu'ils se réveillent. Fuseline se leva la première et, me voyant dans un tel état, elle appela Bonobo. À peine m'eut-il jeté un coup d'œil que Bonobo s'écria, ravi:

— Tiens! Kami est devenue femme!

Son ravissement me calma.

Or, mon état se prolongeait. Je restais nerveuse, irascible. Mes pertes agaçaient mes maîtres mais je n'y pouvais rien. Auraient-ils pensé à me mettre des couches, comme les humains font à leurs petits? L'air que j'aurais eu! Heureusement, ils optèrent pour les linges dont ils tapissaient les endroits que je fréquentais le plus souvent dans la maison. Fuseline s'enquit:

— Est-ce que ça dure longtemps?

— Environ trois semaines, répondit Bonobo sur son ton de professeur. Ce n'est qu'au douzième jour qu'elle acceptera le mâle. Je vois déjà quelques cabots rôder autour.

— Vous n'allez tout de même pas me laisser baiser par n'importe quel corniaud, me révoltai-je. Une patricienne ne se marie pas chez les roturiers.

— Mais non, Kami, tu sais bien que non, me dit Bonobo rassurant. On va te trouver un vrai bel étalon pur-sang et tu continueras la lignée des bergers teutons de race.

Rassurée, je me laissai languir en rêvant aux prouesses amoureuses du galant berger de race que Bonobo allait me dégoter.

Puis, un beau matin, peu après le départ de mes maîtres pour leur travail, il se tenait là, devant moi. Dans toute sa superbe! Une bête! Des muscles! Rien que des muscles! Enveloppés dans un pelage ras, noir et luisant, avec des reflets d'aubergine. Ah! Le beau mâle! Non, pas un berger, mais teuton tout de même: Doberman qu'il se disait.

— De race? demandai-je timide.

Il l'ignorait.

— Bon, me dis-je, s'il l'ignore, ça veut dire qu'il n'est pas de race. Un patricien qui s'ignore, ça ne s'est jamais vu.

Mais le beau mâle! Un ventre plat, bien relevé; des membres fins et nerveux; quelques taches fauves aux pattes et au poitrail, massif et puissant.

Je le laissai approcher de mon grand pin séculaire. Ah! Le beau mâle! Une gueule! Une gueule splendide! Il tendait sa truffe et mes odeurs avaient l'air de lui plaire. Je me pâmai d'amour. Ah! Le beau mâle!

Mais une honte sournoise s'insinuait dans ma pâmoison:

— Il ne faut pas, me disait-elle. Une fille de race ne peut se laisser courtiser par un bâtard.

Bâtard si l'on veut, un si beau mâle! Les yeux en amande vifs et pénétrants, et remplis de promesses voluptueuses. Je me sentis défaillir.

— Non, répétait la honte qui me sentait faiblir, il ne faut pas! Quel déshonneur ce serait!

Ah! Ce qu'il pouvait être beau! Il frétillait de la queue, un court moignon d'à peine quelques centimètres, dont il avait sans doute hérité au cours d'une bataille épique.

Il s'accroupit, les membres tendus vers moi, pour m'inviter au jeu. Je me retirai dans ma niche pour mieux résister à la tentation. Il m'adressa un petit jappement clair pour me dire le plaisir que nous aurions à faire plus ample connaissance. Puis, par un imperceptible mouvement de reptation, il s'approcha de quelques centimètres. Je le grondai sévèrement; galant, il n'insista pas. Je fis semblant de m'assoupir, les pieds pendant mollement sur le seuil de ma niche. Il attendit, tout le temps que je voulus. Il se montrait poli et patient: la patience de la galanterie.

Les yeux à demi fermés, je le regardais renifler et baver de convoitise. Au bout d'un long moment, je sortis de ma niche pour m'étirer et bailler un peu. D'un saut, souple et nerveux, il fut auprès de moi. Je filai au bout de ma chaîne. Il me laissa m'éloigner puis, en trois ou quatre gambades, fut de nouveau tout près de moi. Je n'étais pas aussi libre de mes mouvements que lui. Mais, bien élevé, il ne songea pas un seul instant à abuser de la situation. Il se conduisait en vrai gentleman.

Il me fit de mignonnes agaceries, me flairant les oreilles, me chatouillant le cou et les flancs et appuyant son corps sur le mien. Je me glissais sous lui et lui mordillais les pattes. Je me livrais à un flirt dangereux, j'en conviens, mais je me sentais capable de résister au grand péché. Quel mâle superbe! Comment me refuser à ses caresses? Et puis, n'étais-je pas une patricienne? Je saurais bien m'arrêter à temps.

Soudain, il s'enhardit et m'embrassa: un long coup de langue sur la truffe. Je faillis m'évanouir. Mes jambes mollirent comme des chiffons, ma tête tournait comme une toupie, au point que je dus me coucher un moment. Tendrement, il se mit à me mordiller les oreilles et la nuque puis, il se coucha sur moi, frottant son ventre sur mon dos. Je me plaignis faiblement et il me laissa et s'étendit près de moi. Il était d'une patience infinie.

Après une éternité de plaisir, je me levai. Il vint tout près, me flaira les oreilles, la truffe et tout le corps. Lorsque je sentis son souffle chaud sur ma vulve, je fus prise d'un vertige indicible. Je levai la queue et il me prit avec tendresse d'abord, puis avec une fougue d'autant plus ardente que l'attente avait été longue. Je hurlais de plaisir, me déhanchais de volupté, me noyais dans les délices d'une passion débordante.

Nos jeux amoureux durèrent toute la journée. Bonobo fut le premier à rentrer du travail ce soir-là. Lorsqu'il nous aperçut soudés l'un à l'autre, il fit semblant de n'avoir rien vu et nous laissa gentiment à nos dernières tendresses.

Il attendit Fuseline et, dès son arrivée, il l'avertit de la chose:

— Ça y est! Elle s'est fait avoir par un Doberman. Ça devrait donner de drôles de chiots.

— Où est-ce qu'elle est?

— Derrière, avec lui. Ils sont encore pris. Il faut leur laisser le temps.

Nous passâmes encore une couple d'heures ensemble à nous toiletter, à nous faire des mamours, à batifoler. Puis, il disparut et je ne le revis jamais plus. Ah! Ce qu'il était beau! Toute la nuit, je rêvai à mon bel amoureux tout en léchant mes chairs meurtries. Mon cœur se grisait des odeurs de l'amour.

Le lendemain, je passai la journée à ruminer mon bonheur... et mon péché. Le remords s'agrippait à mon âme, jaloux de ma félicité. Une patricienne, fille d'une longue lignée de patriciens, s'abandonner à une passion aussi avilissante! Pour une journée d'ivresse avec un Doberman mâtiné d'on ne sait quoi, une bergère teutonne se permettait de ternir stupidement la pureté de sa race! Quelle turpitude! Quelle déchéance!

Hier pourtant, Bonobo et Fuseline n'avaient pas semblé faire un si grand cas de mes amours illégitimes. Oh! Bonobo avait bien lancé d'un ton égrillard que je m'étais fait avoir par un Doberman et que ça devrait donner de drôles de chiots. Mais il ne semblait pas contrarié outre mesure. Et puis, se pouvait-il que tant de volupté ne fût pas de race?

Dès son retour du travail, Bonobo vint vers moi et m'apostropha gaiement:

— Alors, ma petite Kami, on a passé la journée à rêver à son beau Doberman?

Toujours ce ton égrillard. On aurait dit que Bonobo s'amusait de ma déchéance. Je m'étais couverte de honte. Un corniaud m'avait possédée! Pleine de confusion, je me cachai dans ma niche, la truffe entre les pattes, les babines boudeuses. Alors, tout câlin, Bonobo se pencha et me gratta doucement le nez de son ongle.

— Il ne faut pas prendre cet air-là, me dit-il un peu bourru, ça me crève le cœur. Tu sais, il était très beau ton amoureux. Si son hommage était égal à son pelage, tu n'as pas dû t'ennuyer.

Je lui répondis par un clin d'œil mouillé.

— Ah! Je vois, il t'a ravie au septième ciel ton corniaud de Doberman!

Je n'aimais pas le ton un peu vulgaire dont usait Bonobo pour me parler d'une si merveilleuse aventure. Je fermai les yeux et feignis d'être sourde à ses propos.

Le discours de Bonobo se fit soudain sentencieux:

— Tu sais, ma petite Kami, l'amour culbute toutes les barrières: politiques, sociales et raciales.

Je fermai les yeux. Maintenant, Bonobo versait un baume sur la plaie de ma honte.

— La race, c'est une invention des hommes. Tu te donnes des airs, tu te vantes d'être de race et tu te rengorges de la longueur du pedigree de tes parents. Mais sais-tu ce que c'est qu'un pedigree?

Je levai une paupière interrogative.

— Un bout de papier! Une simple note retraçant l'arbre généalogique d'un individu pour attester qu'il est un pur-sang. Mais ton von Stephanitz, ma petite Kami, ça ne fait même pas cent ans qu'il a inscrit le numéro 1 de l'arbre généalogique de tous les bergers allemands. Et le fait d'avoir donné un nom à particule à son Horand von Grafrath ne fait pas de ce bâtard un noble de souche. Mets-toi bien ceci dans la tête, ma petite Kami: toutes les races pures sont d'origine bâtarde.

Voilà maintenant que Bonobo, sous prétexte de me libérer de ma honte et de me relever de ma défaillance, m'humiliait dans mon être même et me ravalait au rang de métisse.

— Bonobo, grognai-je, arrête ton sermon. Si je te laissais continuer, tu m'enlèverais toute dignité.

— Mais non, répliqua Bonobo, je ne te sermonne pas; je te fais simplement remarquer que la noblesse du sang ne veut rien dire. Seule compte la noblesse du cœur. Et sur ce chapitre, ton corniaud de Doberman n'avait pas l'air d'en manquer, à en juger par la mélancolie qu'il t'a foutue.

Je souris. Bonobo devenait bavard. Il avait beau dire, à cause de mon péché, mes chiots naîtraient bâtards. Mais, à moi, mon péché n'enlevait rien. Je restais une chienne de race, une bergère teutonne pur-sang, ce qui me donnait le droit de porter haut, de faire la fière et de me donner des airs altiers et méprisants. Et, soit dit entre nous, je savais que Bonobo tirait vanité de ma morgue native et de mes pédanteries affectées. Ne l'avais-je pas entendu dire à Fuseline que la dignité d'un chien rejaillit sur celle de ses maîtres?

Mes amours avec le Doberman portèrent fruit. Je me trouvai gravide, perdis l'appétit et devins mélancolique. Le souvenir de mon aventure avec mon bel amoureux me rendait cafardeuse. Où se trouvait-il maintenant, l'infidèle? Flanc à flanc avec une autre belle bergère teutonne? S'était-il avili au point de coucher avec une sombre inconnue au fond d'une sordide venelle?

Ma grossesse amena chez mes maîtres un changement radical d'attitude. Surtout chez Bonobo. Il se montrait plein de charmantes attentions, m'entourait de délicates prévenances, m'inondait de ravissantes gentillesses. Il veillait sur ma santé avec un soin jaloux, évitait les rudes caresses et les jeux ardents pour ne pas mettre en danger la vie des petits que je portais. Nous faisions des promenades interminables pour m'épargner l'embonpoint. Il lisait tout ce qui concerne la grossesse et la mise bas, et s'assurait de satisfaire tous les besoins particuliers à mon état.

Fuseline, elle, parlait peu et s'agitait moins que Bonobo. Mais ses doigts, distraitement perdus dans le poil de mon cou, me disaient tout son émoi, tous ses soucis, toutes ses inquiétudes. Ils étaient si touchants d'empressement que je me demandai pourquoi ils ne s'étaient pas fait des petits d'hommes. Il faudrait que je pose la question à Bonobo un de ces jours.

Vers le cinquantième jour de ma grossesse, mes maîtres me préparèrent, dans l'atelier de Bonobo, une couche spacieuse et confortable, garnie d'une moelleuse moquette, loin du bruit et de l'agitation, sous une lumière tamisée, où la température restait toujours fraîche.

Un soir d'août, à la brunante, l'heure de ma délivrance sonna. Fuseline fut la première à s'en rendre compte. Elle alla chercher Bonobo et tous deux se mirent à m'entourer de tous leurs soins. Ils se tenaient près de ma couche, parlaient à voix basse et me prodiguaient de tendres encouragements. Le travail dura toute la nuit. Bonobo et Fuseline veillaient sur moi, changeaient ma couche à intervalles réguliers et me gardaient toujours au sec. Ils m'enlevaient mes petits au fur et à mesure et les déposaient dans un panier tout près. Ils me les rendirent à l'aube, lorsque tout fut terminé.

J'eus six petits, comme ma mère. Durant les trois ou quatre premières semaines, ils n'étaient que des tubes digestifs informes et inertes. Je passais tout mon temps à nourrir, à torcher, à laver. Il ne me restait pas une seconde pour Bonobo et Fuseline, pourtant toujours pleins de douces attentions pour moi. Mes deux garçons ne se montrèrent jamais aussi désagréables que leur oncle, mon frère. Par contre, deux de mes quatre filles se révélèrent de vraies chipies, aux manières vulgaires et au langage roturier. Obscur héritage, sans doute, du sang inconnu de mon Doberman mâtiné.

Au bout de trois mois, le temps vint de disperser la famille. Des gens venaient adopter mes petits, l'un après l'autre. J'en éprouvai une grande tristesse. Un jour, je demandai à Bonobo:

— Pourquoi me séparer ainsi de mes petits en les dispersant aux quatre vents? Tu ne les aimes donc pas?

— Bien sûr que je les aime, me répondit Bonobo, ce sont tes petits! Mais vient un temps où les enfants ont atteint l'âge de quitter la maison familiale. Devenus hommes et femmes, c'est à leur tour de fonder de nouvelles familles et de perpétuer la race.

— Parlons-en de la race, lui dis-je, le vague à l'âme. À cause de mon péché et de ma déchéance, mes petits à moi ne pourront pas perpétuer la race des bergers teutons. Ils ne pourront pas marcher la tête haute, le cou orné de la belle écharpe d'un long pedigree. Je serai la dernière authentique patricienne de notre maison. Mes petits ne connaîtront même jamais leur père. Leur père! Ah! Le beau bâtard! Et quel amant! Tendre et fougueux tout à la fois! Quelle journée d'indicible ivresse! Mais, ajoutai-je rêveuse, soit dit entre nous, Bonobo, cette seule journée valait bien la fin d'une lignée!

Bonobo me fit un de ses sourires ambigus dont il a seul le secret.

Mes petits devaient avoir un charme particulier, puisqu'on vint me les prendre tous en moins de trois semaines. Il m'arrive de penser encore à eux et de me demander ce que sont devenus de si ravissants corniauds. Pourquoi faut-il que le métissage tire vers le bas?

Peu de temps après le départ de mes chiots, je dus subir la grande opération, comme disent les femmes dans un de leurs singuliers euphémismes. Jamais plus je n'eus de petits. Jamais plus je n'éprouvai les chaleurs de l'amour. Seul m'est resté le souvenir d'un splendide bâtard teuton aux mœurs amoureuses de patricien.

Mes chiots partis, je retrouvai le calme et la routine. J'aime bien la routine. J'aime ce déroulement mécanique des heures et des jours qui nous permet de vivre sans réfléchir, de poser toujours les mêmes actes, toujours aux mêmes endroits, toujours aux mêmes heures, toujours de la même manière. On éprouve une grande sécurité à évoluer dans un milieu où les actions de chacun sont réglées d'avance comme les mouvements d'un automate.

J'avais alors atteint un certain âge et la maternité m'avait mûrie. Bonobo disait, non sans malice, que la maternité m'avait mis un peu de plomb dans la tête. J'ai dû renoncer aux ambitions de fortune, aux rêves de gloire, à la poursuite d'aventures. Je n'aspirais plus qu'à glisser mollement à travers l'existence en goûtant, dans un confort douillet, les douceurs de la vie sans en éprouver les amertumes. Une vie de patricienne accomplie!

Les longues soirées d'hiver étaient particulièrement propices à ce bonheur sans aspérités. Nous descendions au sous-sol et Bonobo nous allumait un bon feu dans la cheminée. Confortablement installée sur un divan-lit tout élimé, la truffe entre les pattes, je regardais les flammes danser sans relâche leurs joyeuses sarabandes.

Mes maîtres rêvaient en silence. Puis, au bout d'un moment, ils allumaient une boîte à images, dans laquelle des gens venaient faire les pitres ou leur raconter les événements du jour. Bonobo ne pouvait s'empêcher de passer de bruyants commentaires, au grand désespoir de Fuseline qui ne voulait rien perdre des informations. Bonobo faisait parfois des colères épiques, se lançant dans des diatribes débordantes de quolibets, d'injures et de gloses cyniques. Alors, la voix de Fuseline se faisait entendre, comme un écho de Paradis perdu:

— Pourquoi te ronger les sangs comme ça, Bonobo? Tes colères vont-elles changer quelque chose à la bêtise humaine? Calme-toi!

Les colères de Bonobo chutaient aussi rapidement qu'elles levaient, comme la pâte d'une meringue soudain saisie de froid.

— Tu as raison, Fuseline, répondait-il, la voix enrouée de bonheur autant que de courroux.

Puis, chacun prenait un livre, l'ouvrait comme un oiseau déploie ses ailes, et s'envolait retrouver le compagnon invisible de ses veilles. Pour Bonobo tout particulièrement, le livre est une panacée: il peuple ses heures de solitude, calme ses rages insensées, écourte ses insomnies.

J'adorais ces moments de calme absolu qui me reposaient de mes longues journées de garde. Les yeux clos, les oreilles molles, le flair au point mort, je me laissais couler dans des songes insondables dont Fuseline me tirait doucement:

— Eh, mon chaton, tu rêves!

Il paraît que, lorsque je rêve, j'émets de drôles de sons, comme des jappements étouffés, et que tout mon corps est secoué de spasmes troublants. Je rêve souvent de poursuites épiques, de duels sanglants et de triomphes éclatants, dans des sables brûlants, en compagnie d'un galant Doberman, sous les regards amusés de mon gigantesque aïeul persan.

ANGOISSES

CE MATIN-LÀ, jour férié, Bonobo se leva avant le soleil. Ayant avalé en vitesse son petit déjeuner, il se mit à tout démolir dans la maison. Il arrachait le tapis des planchers, jetait des cloisons par terre, dépendait des portes de leurs gonds, perçait des murs, démontait les armoires. Un charivari d'enfer! Qu'arrivait-il donc à mon Bonobo? Soudain saisi par un obscur maléfice, Bonobo cassait tout! Bonobo, si soigneux, démolissait tout!

Je me réfugiai auprès de Fuseline, lui dis mon effroi et lui demandai si Bonobo avait perdu la tête. Fuseline me rassura de ses doigts soyeux et me certifia que, non, Bonobo n'était pas devenu fou, mais qu'il commençait les travaux de rénovation qu'ils avaient convenu de faire depuis quelques mois.

À peine une heure plus tard, la penderie à l'entrée avait disparu, le mur qui séparait le salon de la cuisine était par terre, le tapis du salon avait été roulé en un gros boudin et sorti de la maison et les armoires de la cuisine gisaient dehors en débris informes. Bonobo démolissait! Et il démolissait avec l'ardeur et le sérieux qu'il met en toutes choses.

Pourtant, une crainte sournoise ne cessait de me vriller l'âme. Si mes maîtres rénovaient, cela voulait peut-être dire qu'ils ne trouvaient plus le bonheur dans leur maison. Las des vieux murs et des vieilles choses, voulaient-ils tout effacer d'un passé qui ne les touchait pas? D'autres gens avaient vécu là avant nous, dont la présence se perpétuait discrète mais vivante. Pour ma part, je trouvais très émouvantes les odeurs de vieille chienne qui s'exhalaient des tapis; je croyais y reconnaître la fragrance de mon aïeul persan. Sensible aux craquements des vieux planchers, j'y discernais les échos d'une saga lointaine. Les gémissements des vieux murs me bouleversaient; ils me redisaient les souffrances de toute une lignée de portefaix.

Pourquoi, me demandais-je, Bonobo et Fuseline veulent-ils faire disparaître tous ces souvenirs imprécis et pourtant si vivaces? Éprouvaient-ils le besoin de recréer un nouveau cadre à leur tendresse? De réveiller une flamme qui menace de s'éteindre? Et moi, quel sort me réservaient-ils dans tout cela?

Les travaux durèrent trois longs mois. Ce fut un véritable enfer. Bonobo s'énervait; Fuseline s'impatientait. Tous deux s'épuisaient à la tâche, travaillant jusque tard dans la nuit. Ils devenaient nerveux, irascibles. Et, ce qui était beaucoup plus grave, ils me négligeaient: plus de jeux avec Bonobo, plus de promenades avec Fuseline, plus d'apéros flâneurs, plus de causettes inutiles! À peine s'ils trouvaient le temps de me donner à manger. Eux-mêmes, contrairement à leur habitude, ne mangeaient plus que sur le pouce et, la dernière bouchée à peine avalée, se remettaient au travail. Rénovation! Rénovation! J'en vins à tellement détester ce mot que je devenais folle rien qu'à l'entendre prononcer.

Puis, un jour, l'odieuse corvée prit fin. La cuisine, la salle à manger et le salon ne formaient plus qu'une seule grande pièce, bien éclairée. Le salon, avec son plancher de chêne, ses murs lambrissés de cèdre et ses lourdes draperies avait acquis une chaleur et un charme tout nouveaux. Des tuiles de terre cuite, toujours fraîches, même par les plus grandes chaleurs de l'été, recouvraient le plancher de la cuisine. Le chêne avait remplacé le tapis des chambres et du couloir. Partout, on pouvait entendre mes griffes crisser sur le plancher, ce qui présentait un sérieux handicap pour mes déplacements secrets.

Des meubles neufs nous furent bientôt livrés à domicile. Teck pour la salle à manger, cuir souple bourgogne pour le salon, mélamine beige pour la chambre à coucher. Je remarquai en particulier le nouveau canapé dont la bonne odeur de cuir serait propice aux rêveries les plus capiteuses. Cependant mes maîtres s'empressèrent de me défendre d'y monter. Je me demandais bien pourquoi d'ailleurs. On m'avait laissé m'étendre à loisir sur l'étroite causeuse d'étoffe et voilà qu'on m'interdisait l'accès de ce vaste canapé de cuir. À n'y rien comprendre! Cette maudite rénovation avait-elle troublé l'esprit de mes maîtres? Je décidai de feindre d'obtempérer à leur interdiction, mais de n'en faire qu'à ma tête. On n'allait tout de même pas bouleverser toutes mes habitudes à cause d'une sacrée rénovation.

Fuseline, la première, s'aperçut de mes tricheries. Elle s'était rendu compte que je passais la nuit sur le canapé par les plis que j'y imprimais et par la chaleur qui s'en dégageait. Une nuit, elle chercha à me prendre en flagrant délit. Elle quittait son lit à pas de loup et venait passer la tête dans le couloir. Mais j'ai l'oreille fine: dès que je l'entendais s'approcher, je sautais par terre, toutes griffes rentrées pour ne pas faire de bruit, et me couchais sur le tapis près de la porte comme si je n'avais pas bougé de là depuis un siècle. Lorsqu'elle retournait se coucher, je me glissais tout doucement sur le canapé. Elle revenait aussitôt sur la pointe des pieds pour me trouver couchée bien sagement sur mon tapis. Le stratagème dura bien une bonne heure. Lasse à la fin, mais point dupe, Fuseline se coucha et s'endormit. Jamais elle ne réussit à me prendre sur le fait. Et jamais elle ne parvint à m'empêcher de dormir sur le canapé. Faisant contre mauvaise fortune bon cœur, elle tendit sur le cuir une épaisse couverture pour le protéger de mon poil et surtout de mes griffes.

Aujourd'hui, le canapé m'appartient: je l'occupe d'une manière despotique. Si je suis couchée, mes maîtres doivent me demander la permission pour s'y asseoir. Cependant, lorsqu'ils reçoivent des parents ou des amis, je leur permets d'enlever la couverture et, en patricienne qui connaît les bonnes manières, je laisse poliment les visiteurs occuper mon lit. Mais dès leur départ, j'exige de mes maîtres qu'ils replacent la couverture et je me hâte de reprendre possession de mon bien.

Au cours des ans, Bonobo et Fuseline avaient tracé divers sentiers dans la forêt, derrière la maison. Nous allions y faire de longues promenades, surtout l'hiver, car durant l'été nous nous faisions manger par les moustiques. L'automne, dès que le gel avait durci la terre, nous passions de longues heures à l'entretien de la piste et à la coupe du bois de chauffage. Lorsqu'il y avait de la neige, ils glissaient sur de longues planches étroites en s'aidant de bâtons. Bonobo avait la manie de donner un nom propre à chaque lieu qu'il fréquentait. Ainsi, chacun de ces sentiers portait-il un nom qui ne manquait pas de poésie. La piste commençait par la «sente des grands ormes», traversait deux «bosquets de cèdres», s'enfonçait dans la «futaie des hêtres géants», contournait un «pin fourchu», grimpait une «courte clairière», effleurait une «dense sapinière» et s'étirait sans fin dans une «majestueuse érablière». Il nous fallait plus de trois heures pour parcourir la piste sur toute sa longueur. Nous pouvions aussi faire des randonnées plus courtes, le soir après le travail. Il nous arrivait parfois de revenir en pleine obscurité. Mes maîtres comptaient alors sur ma vigilance: il m'incombait de garder la piste et de les ramener à la maison.

Un jour d'hiver, je m'amusais à chasser le mulot dans une neige déjà assez profonde, pendant que mes maîtres fendaient et cordaient des bûches. Je les vis soudain se figer. Immobiles et silencieux, ils regardaient tous les deux dans la même direction, comme hypnotisés par un spectacle grandiose. Je l'aperçus tout à coup: un grand animal aux membres graciles et nerveux, la truffe en perpétuel mouvement et des yeux, encore plus vastes que ceux de Bonobo, où se lisait la peur, une peur naturelle, inscrite de temps immémorial dans toutes les fibres de la chair. Lorsqu'il me vit, il baissa la tête et tendit le cou puis, lentement, comme si de rien n'était, il me tourna le derrière et, d'un bond prodigieux, s'élança vers les profondeurs de la forêt.

— En voilà un qui n'a pas la conscience tranquille, me dis-je. Allons voir ça de plus près.

Et je me lançai à sa poursuite. Quelle équipée! Une course comme je n'en fis jamais plus! La bête était d'une agilité surprenante. Malgré sa taille et l'apparente fragilité de ses membres, ses bonds, comme dirait Bonobo, défiaient toutes les lois de la gravité. Au mieux de ma forme, je fonçais derrière l'animal qui, connaissant la forêt mieux que moi, semblait se jouer de mes efforts, s'arrêtant de temps à autre pour me regarder me débattre dans une neige épaisse, puis reprenant sa course d'une légère insouciance. À ce point, il semblait ne plus me craindre, assuré de toujours me vaincre à la course.

Je commençais à m'essouffler et tirais la langue jusqu'à terre. Je me dis qu'il serait peut-être temps de rentrer à la maison, car mes maîtres allaient s'inquiéter. Je retrouverais sans doute cet animal un autre jour, et alors, je l'attraperais par surprise et lui demanderais des comptes. Je voulus rebrousser chemin et m'aperçus tout à coup que notre course tournait en rond depuis un bon moment et que nos pistes se croisaient en tous sens, comme les fils d'une pelote de laine brouillée par un chat. Impossible de retrouver mon chemin! Ce pleutre d'animal avait réussi à me perdre dans son bois. J'avais beau flairer, je me sentais perdue au milieu d'un dédale de foulées tortueuses qui ne menaient nulle part. Seul Bonobo pouvait me tirer de là.

En début de course, la peur de l'animal m'avait électrisée. J'avais ressenti une exaltation indicible: la griserie de la puissance! Je terrifiais! Une bête, beaucoup plus grande que moi, tremblait d'effroi devant moi. Non, Bonobo me l'avait déjà dit, le courage n'a rien à voir avec la taille. La terre entière avait peur de moi! Je pouvais me déclarer impératrice de l'univers et tous courberaient l'échine devant moi. Il suffit d'être brave pour imposer sa loi. Mais, maintenant que j'avais perdu mon chemin, que je me trouvais complètement désorientée, je sentais une crainte sournoise s'insinuer en mon âme. Je ne savais plus où je me trouvais ni dans quelle direction me diriger pour retrouver mon domaine. À l'ivresse de la puissance succédait l'angoisse de l'égarement.

Je continuai de flairer pour démêler les pistes, mais ma fébrilité enlevait toute sensibilité à mes narines. Soudain, mon cœur bondit: je crus entendre le sifflet de Bonobo. Ah! mon brave Bonobo, qui n'a peur de rien! Je tendis l'oreille. Oui, c'était bien lui. Il approchait, me sifflait à intervalles réguliers en alternant sa tierce mineure de l'affection et son coup bref de l'agacement. Bonobo me cherchait, à la fois tourmenté et irrité. J'allais sans doute devoir faire les frais d'une éclatante colère. Mais peu m'importait, j'étais sauvée!

D'un pas fébrile, je me dirigeai vers lui. Lorsque je le vis, je lui fis les plus belles mamours de mon répertoire. Il eut un bref mouvement de joie, vite réprimé au profit d'une kyrielle de reproches, dont il a seul la recette, où se mêlent l'ironie, le sarcasme, le persiflage et l'invective.

— Alors, d'où est-ce qu'on sort?... Toute une fugue!... En voilà des manières!... Une vraie folle!...

Mais, tout de suite, je perçus que le ton n'y était pas. La voix de Bonobo se voilait d'une nuance d'anxiété, d'un émoi discret, d'une joie subtile.

— Une écervelée de la pire espèce!... Une dévergondée!... Et ça se prétend une patricienne!... Bergère teutonne de race!... Toujours prête à brandir l'étendard de son pedigree!... Ça se donne des airs, ça porte haut, et pourtant ça s'épivarde comme une vulgaire chienne de fond de ruelle!... Non mais, vraiment, es-tu sûre que ton pedigree, ce n'est pas un faux?...

Furieux qu'il était Bonobo pour m'insulter de la sorte! Il en devenait ignoble. Mais dans le ton de sa harangue, il restait un petit quelque chose, comme les débris d'une angoisse qui tardait à s'estomper. La voix tremblotait encore sous le coup d'une grande frayeur, la frayeur de m'avoir perdue à tout jamais. C'est là-dessus que je devais jouer pour arrêter le flot d'injures dont il ne cessait de m'abreuver.

— Moi qui étais si contente de te retrouver, lui dis-je d'un air tout penaud, et voilà que tu me reçois avec des hurlements de chacal! Tu es un maître ingrat et je ne veux plus vivre avec toi, je ne veux plus garder ton domaine, je ne veux plus subir tes caresses hypocrites. Je vais m'enfoncer si loin dans la forêt que jamais plus tu ne me reverras la truffe. On n'insulte pas impunément une bergère teutonne, une patricienne de race! Là-bas, dans le fond des bois, je n'aurai plus à subir tes sarcasmes.

Et, perfide, j'ajoutai:

— Je m'en vais vivre avec Bouquin le lièvre. Je serai libre comme lui. Nous nous entendons bien tous les deux. Il est poli, lui, et ses paroles sont douces à mes oreilles.

Mais Bonobo ne cédait pas facilement.

— C'est ça, hurla-t-il, vas-y vivre avec ton petit révolutionnaire de poche! Enfonce-toi dans la forêt! Et enfonce-toi si profondément que, non seulement moi, mais pas un seul être humain ne te trouve jamais! Va vivre de rapines et des puants rogatons des bêtes sauvages! Cela te conviendra à merveille, pécore impertinente, pimbêche dégénérée!

La colère aveuglait Bonobo qui s'abaissait à me crier des noms. Meurtrie par cette tirade de manant, je lui tournai le derrière et fis mine de m'éloigner. Il me laissa faire quelques pas puis, d'une voix éteinte par le regret, il me rappela.

— Reviens, Kami! Ne fais pas ça! Tu le sais bien, je ne voulais pas te faire de peine. J'ai eu peur, voilà tout. Peur de t'avoir perdue et ça m'a fait perdre la raison. Tu sais, la peur, ça fait d'un noble un goujat... Viens, rentrons à la maison.

— Tu n'avais qu'à surveiller ta langue, répliquai-je, entêtée. Je n'ai pas à subir tes invectives et tes grossièretés.

Quelques pas de plus, pour y mettre bonne mesure, jetèrent Bonobo au bord de la panique. Son repentir devint doucereux ; son remords, humiliant. Si Bonobo s'abaissait à ce point, son amour pour moi devait être très puissant. Rassurée, je savais maintenant que, quoiqu'il m'arrive, Bonobo se porterait toujours à mon secours.

Une dernière hésitation et je fis demi-tour pour le suivre en silence. En route, il m'arrivait de sentir sous mon pied comme un petit point humide et tiède. Bonobo pleurait. Des larmes de repentir ? Non pas ! Des larmes de joie ! J'en étais sûre, Bonobo savourait son bonheur de m'avoir retrouvée.

Il nous fallut marcher un bon moment dans la neige épaisse avant de rejoindre notre piste. Soudain, j'aperçus le pin fourchu, notre point de repère le plus sûr et le plus efficace. Sa gigantesque ramure le rendait visible à des kilomètres à la ronde. Je sautai sur la piste et voulus partir loin devant selon nos habitudes.

— Pas question ! me dit Bonobo d'une voix autoritaire. Je te laisse dix pas devant, pas un de plus.

Etait-ce l'esprit revanchard des hommes qui reprenait possession de Bonobo ? Ou craignait-il tout simplement de me perdre à nouveau ? À ce temps de l'année, le soir se hâte de descendre. Nous devions encore traverser la haute futaie de hêtres et les sombres bosquets de cèdres. Quel qu'en soit le motif, Bonobo me retint à dix pas devant lui jusqu'à la maison.

Fuseline se rongeait les sangs d'inquiétude. Elle avait beau se dire que son Bonobo ne pouvait se perdre dans la forêt, qu'il y circulait toujours avec l'assurance d'un coureur de bois chevronné, qu'il lui en avait donné maintes preuves en traçant la piste, elle ne pouvait s'empêcher de se tracasser chaque fois qu'il tardait à rentrer. Bonobo m'avait déjà fait remarquer que les femmes de forestiers, comme les femmes de marins, ne vivent que dans l'attente du retour de leur homme.

Vous dire la joie exubérante de Fuseline, lorsqu'elle nous vit déboucher au bout de la remise! Elle ouvrit la fenêtre pour me crier, émouvante de bonheur:

— Mon chaton! Mon beau chaton! Vite, vite, tu dois être morte de froid!

Je courus à la porte déjà grande ouverte et me précipitai dans la maison aux pieds de Fuseline dont les petits cris émerveillés et les rires cristallins se mêlaient à de somptueuses chatteries. Je la laissai s'épancher tout son soûl. Puis je lui rappelai que ma course m'avait ouvert l'appétit.

Petit à petit, les choses revinrent à la normale. Durant la soirée que nous passions comme à l'habitude devant l'âtre, je demandai à Bonobo le nom de cet animal qui nous avait causé tant d'émotions. Bonobo se rengorgea et prit son ton doctoral:

— C'est un cerf de Virginie, professa-t-il, communément appelé chevreuil, de la famille des cervidés, l'une des bêtes les plus élégantes de nos forêts...

À peine avait-il commencé sa leçon que je tombai dans un profond sommeil. Je fis un songe merveilleux. Une certaine impératrice, du nom de Kami, assise sur un trône d'ivoire, portant une couronne d'or sertie de rubis et de saphirs et tenant en main un sceptre d'argent finement ciselé, mandait sa troupe de rapides coursiers cervidés à l'autre bout du monde inviter un certain roi Bonobo et sa reine Fuseline à venir présenter leurs hommages à l'impératrice de l'univers dont tous les souverains s'efforcent de rechercher la puissante alliance.

Mes maîtres ont l'habitude de partir en voyage cinq ou six fois par année. Ils me conduisent alors au chenil, c'est-à-dire chez des gens dont la profession est d'héberger les chiens durant l'absence de leurs maîtres. Il s'agit en fait d'une grande maison divisée en d'affreux cagibis où on nous enferme pour toute la durée de notre séjour. Chaque animal est confiné dans une cage si étroite qu'il peut à peine y faire quelques pas. Il doit coucher sur le béton froid et humide. On ne nous laisse même pas sortir pour répondre aux appels de la nature, de sorte que les planchers sont souillés la plupart du temps. Tout le bâtiment baigne dans un air vicié par les exhalaisons d'une foule de chiens de toutes espèces, par les émanations fétides d'urine et d'excréments et par l'âcre odeur des désinfectants. Cette odeur désagréable imprègne notre poil et nous suit plusieurs jours après notre sortie.

Mais la promiscuité demeure ce qu'il y a de plus horrible. Imaginez! Une patricienne au milieu d'une foule de plébéiens hargneux, au langage roturier et aux mœurs infamantes! On y dort très peu: il suffit qu'un cabot laisse échapper un jappement pour que toute la bande se mette à hurler à la mort.

Dès le premier jour, je découvris la manière de m'évader de ma cage. La barrière était tenue en place par une clenche assez lâche. D'un coup de patte, je dégageai le bras du levier et poussai. La barrière s'ouvrit, me livrant passage au couloir que je me mis à arpenter la tête haute, l'air hautain, l'œil ironique. De temps en temps, je m'arrêtais pour saluer quelqu'un qui me semblait de noble origine.

Ma grande surprise fut de découvrir la stupéfiante variété de la race canine. Il y en avait de toutes les sortes: des géants et des nains, des forts et des graciles, des coureurs et des terriers, des pelages ras ou longs, lisses ou frisés, souples ou raides, des beaux et des laids. Il y en avait des blancs, des noirs, des blonds, des jaunes, des gris, des roux, des châtains, des bruns, des fauves, des bicolores, des tricolores et des multicolores, des unis, des tachetés, des striés, des mouchetés. Il y en avait des calmes et des agités, des silencieux et des gueulards, des hardis et des geignards, des doux et des acariâtres. Je me disais:

— Impossible qu'une faune aussi diverse soit toute issue de mon seul aïeul persan!

Ma victoire fut saluée, comme on se l'imagine, par un concert infernal. On se réjouissait de me voir libre. Ce n'était pas encore la grande cavale, mais on voulait bien y voir une promesse pour tous et chacun. Il se crée, dans un groupe de détenus, une sorte de solidarité et de complicité qui vous fait percevoir l'évasion de l'un comme un gage de liberté pour tous.

Ma liberté provisoire engendra un tel charivari que le maître du chenil crut bon de venir voir ce qui se passait. Il me remit dans ma cage et bloqua la clenche de l'extérieur. Mais, à force de patience et de persévérance, je réussis, dès le lendemain, à dépendre la barrière de ses gonds et à la jeter par terre. Seconde victoire saluée par un nouveau charivari de mes co-détenus.

Cette fois, le maître du chenil scella les gonds. Plus possible d'ouvrir la barrière d'aucune manière. Alors, j'attaquai le grillage. Je me disais que, à la longue, je devrais en venir à bout. À chacune de mes visites, le maître du chenil me réservait la même cage aux gonds scellés. Chaque fois, je n'avais donc qu'à reprendre le travail là où je l'avais laissé. Le maître du chenil se rendait bien compte de mes efforts, mais il ne croyait pas que je puisse réussir à percer le grillage. Il se trompait. Tant il est vrai que la passion de la liberté triomphe de tous les obstacles. Je finis par ouvrir une large baie et me glissai dehors encore une fois.

Le maître du chenil se montrait très patient. Je suis convaincue qu'il avait un faible pour moi. Jamais il ne me grondait. Au contraire, il semblait s'amuser de mes exploits. Je l'entendis un jour dire à Bonobo:

— Kami est une chienne brillante. Tu devrais me la laisser dresser; elle apprendrait vite. Elle deviendrait une gardienne à toute épreuve.

Mais Bonobo n'a jamais consenti à mon dressage. Il craignait que je devienne hargneuse et méchante. Il me voulait douce, calme, sociable, au gré de ma nature.

Je n'aime pas aller au chenil. Même si, depuis quelques années, mes maîtres me conduisent à une meilleure auberge dont les cages plus spacieuses donnent sur l'extérieur. On y respire le grand air et l'on y dort au sec. Mais je m'y ennuie toujours à mourir. Lorsque Bonobo vient me chercher à son retour de voyage, je lui reproche sa cruauté et lui dis que, la prochaine fois, il devrait m'amener avec lui. Il attend en silence la fin de mes lamentations et ne s'anime que lorsque je lui exprime ma joie de retrouver notre vaste domaine et la tendre compagnie de Fuseline.

Les retrouvailles me rendent toute frémissante de bonheur. J'adore ces instants de complaisance où mes maîtres rivalisent de cajoleries et de gâteries.

Au retour de l'un de ces voyages, Bonobo me donna un os d'aloyau. Sans prendre aucune précaution, je mordis à pleines dents dans cette rare friandise. Mal m'en prit. L'os se coinça si solidement dans l'une de mes molaires qu'il me fut impossible de le dégager. J'eus beau me tordre la mâchoire dans tous les sens, pousser, tirer, frotter, gratter, je ne réussis qu'à me déchirer le dessous de la langue sur une longueur de plusieurs centimètres et me mis à saigner d'abondance.

À la vue du sang, Bonobo et Fuseline furent pris de panique. Rien pour me rassurer! Ils se hâtèrent de me conduire chez un vétérinaire qui, tout en s'occupant de moi, les semonçait comme un rédemptoriste à son premier sermon de la retraite paroissiale.

— Donner un os à un chien!... A-t-on idée!... Les gens finiront-ils jamais par comprendre qu'on ne donne pas d'os à un chien?... Autant lui passer sur le corps avec une voiture... Ou lui tirer une balle dans la tête!... Donner un os à un chien!... C'est criminel!... Voilà ce que c'est, criminel!... Comprenez-vous ça? C'est criminel de donner un os à un chien!

J'entendis Bonobo qui tentait faiblement de répliquer et perdis soudainement conscience. On m'avait endormie pour dégager l'os et me suturer la langue. Je passai la nuit à l'hôpital. Bonobo vint me chercher le lendemain. Je n'en menais pas large, encore sous l'effet des sédatifs qu'on m'avait administrés.

Je me remis assez rapidement de ma blessure à la langue et repris mon train-train quotidien. Ai-je besoin d'ajouter que jamais plus je ne reçus un soupçon d'os?

ON DÉMÉNAGE

Notre vie de châtelains se déroulait, paisible et sereine, au rythme des heures et des saisons. L'immense forêt qui nous entourait faisait désormais partie de notre domaine. Elle n'avait plus de secrets pour nous. Nous en connaissions tous les replis, les coteaux et les ravins, les plateaux et les bourbiers. Nous pouvions nommer les arbres qui la composaient, les animaux qui la fréquentaient, les fleurs qui l'embaumaient. Nous en avions fait le lieu de nos délices et le terrain de nos ébats.

Or, un jour, tout bascula. Au retour du travail, Fuseline trouva, sur le lot voisin, un inconnu armé d'une tronçonneuse et d'une machine qui dévorait des arbres de quinze centimètres sur la souche en moins de temps qu'il n'en faut pour le dire. Il s'était attaqué à un joli bosquet de thuyas où nichaient chaque année d'innombrables oiseaux de toutes espèces. Un merle bleu y avait même élu domicile, à la grande joie de mes maîtres.

L'homme abattait tous les arbres sans distinction. Il enfournait les branches et les troncs de moins de quinze centimètres de diamètre dans sa machine mangeuse d'arbres dont ils sortaient déchiquetés en un paillis informe. Le cœur de Fuseline manqua quelques battements et sa vue se brouilla. Elle dut s'asseoir quelques instants sur les marches de l'entrée pour se ressaisir.

Puis, elle s'approcha de l'homme, le salua, lui demanda qui il était et ce qu'il faisait là.

— On m'a donné le contrat d'abattre tous les arbres de ce lot, répondit-il. Quelqu'un veut y établir un commerce.

— Savez-vous qui c'est?

— Non, on ne me l'a pas dit.

— Vous devez bien savoir qui vous a donné le contrat de raser ces beaux arbres, non?

— Il paraît qu'une firme de location de machinerie légère viendrait s'installer ici.

Ce soir-là, Bonobo eut le cafard, un affreux cafard, qui lui donnait des airs d'aliéné. L'œil hagard, la lèvre hostile, il ne pouvait que grommeler entre ses dents:

— Quelle horreur!... C'est la fin!...

Pour Bonobo, et pour Fuseline aussi, c'était la fin d'une merveilleuse idylle avec une nature magnanime qui savait leur faire oublier les mesquineries des hommes.

Six semaines plus tard, à dix mètres à peine de mon pin séculaire, se dressait un hideux bâtiment de briques brunes où s'entassaient des outils et des machines de toutes sortes. C'était devenu invivable. Tôt le matin, les moteurs mis à l'essai faisaient entendre leurs pétarades infernales et dégageaient leurs soufres nauséabonds. Je ne pouvais plus dormir durant tout le jour. J'allais devenir folle.

— Il faut faire quelque chose, dis-je à Bonobo. Il faut arrêter ces barbares. Les honnêtes gens ne peuvent même plus vivre leur vie tranquille, loin du bruit et de la pollution. Je ne ferme plus l'œil de toute la journée et je m'empoisonne au gaz carbonique. Je vais devenir neurasthénique, je vais devenir folle. Bonobo sauve-moi, je t'en supplie, fais quelque chose.

— Il n'y a rien à faire, répondit Bonobo fataliste, c'est le progrès qui veut ça! Remplacer les gens par des machines! Partout et en tout! Non seulement au travail, mais même à leur domicile!... Un si beau quartier! Zoné commercial pour quelques dollars de plus!... Tu te rappelles notre voisin Alfred parti avec sa maison? Eh bien! Sais-tu ce qu'il y a maintenant à cet endroit? Un commerce de matériaux de construction!

— Un autre? Deux cours à bois côte à côte?

— Comme tu dis, deux cours à bois côte à côte! Ils appellent ça du développement!

— Moi, j'appelle ça dé...ment.

Bonobo sourit de mon calembour, mais son sourire était chargé de tristesse. Il reprit son air dépité et ajouta:

— Il paraît qu'un marchand d'automobiles va bientôt s'établir au carrefour et, en face, un poste à essence. Vers l'ouest, un réparateur de silencieux et une vitrerie d'automobile devraient ouvrir leurs portes dans les prochains mois. On raconte aussi que, d'ici deux ans, une autoroute passera derrière, à cent cinquante mètres à peine de notre domaine. En un mot, toute une belle forêt bêtement sacrifiée à l'automobile. C'est ça le progrès! Sans compter le trafic toujours plus dense, toujours plus rapide et toujours plus dangereux...

Et j'entendis Bonobo jurer entre ses dents:

— Maudite bande de cons! Sacrés sauvages! Un si beau coin!... Unique à des kilomètres à la ronde!... Rendu invivable au nom du progrès!... Il ne nous reste plus qu'à sacrer notre camp d'ici.

Bonobo savait sacrer quand il s'y mettait. Un jour que je lui en faisais la remarque, il me cita l'une de ses sentences favorites:

— Quand tu as déjà fait les labours, il te reste toujours un peu de glaise collée à tes chaussures.

— Tu songes sérieusement à partir? s'enquit Fuseline, tristement.

— Est-ce que nous avons encore le choix?

Fuseline se mit à pleurer doucement.

— Tous les efforts que nous avons mis pour nous bâtir un beau chez nous: notre jardin, notre rocaille, le puits que nous avons creusé, nos arbres fruitiers qui commencent à produire, nos buissons si jolis lorsqu'ils sont en fleurs, notre maison fraîchement rénovée. Pourquoi faut-il que ça nous arrive à nous?

Bonobo se renfrognait dans un silence rageur.

— Tu crois vraiment, continuait Fuseline, que nous ne pourrions plus vivre au milieu de tout ça?

— Tu as entendu le vacarme? Tu as senti ces puanteurs? Tu as vu ces laideurs qu'on érige tout autour? Comment pourrions-nous vivre au milieu de tout ça?

— Je suis une fille d'eau, dit doucement Fuseline. Seule une maison au bord de l'eau me déciderait à partir d'ici.

— Eh bien, dit Bonobo, nous allons chercher une maison au bord de l'eau.

Ce fut un été fébrile. Nous passions tous nos temps libres à visiter des propriétés où nous pourrions éventuellement élire domicile. À la maison, par contre, il venait des visiteurs presque à tous les jours. On parlait de vendre, d'acheter, de partir, de venir, de transformer ceci ou cela. Je ne comprenais pas grand-chose à tous ces discours sinon que mes maîtres voulaient quitter leur domaine pour aller vivre ailleurs. Bien sûr, je les suivrais où qu'ils aillent, mais jamais je ne me remettrais de perdre notre belle forêt.

Après de longs mois d'attente, tout se passa rapidement. Un homme était venu à trois reprises voir mes maîtres. Ils avaient discuté longuement. À la troisième rencontre, ils se serrèrent la main. L'inconnu parti, Bonobo et Fuseline se regardèrent longuement sans rien dire. Puis, prenant la main fine de Fuseline dans ses gros doigts boudinés, Bonobo soupira :

— C'est fait !

Notre domaine était vendu. Le nouveau propriétaire voulait y établir un garage pour la réparation d'automobiles de luxe. Une autre terre désacralisée par l'automobile.

Tant Bonobo que Fuseline furent pris de frénésie. Ils passaient leurs soirées à empaqueter les livres, la lingerie, la vaisselle, la verrerie, les vêtements, les outils, les bibelots. Ils vidaient méthodiquement les armoires, les étagères et les tiroirs et ils emballaient le contenu dans des boîtes qu'ils entassaient dans le garage. Bonobo vida complètement son atelier, là où j'avais donné naissance à mes petits.

Les boîtes s'empilaient et il semblait que cela ne finirait jamais. C'est vraiment incroyable tout ce que les humains peuvent amasser dans leur maison au cours des ans. J'en fis la remarque à Bonobo qui me répondit :

— Oui, bien sûr, nous les humains, nous amassons dans nos maisons beaucoup de choses qui ne semblent d'aucune utilité. Mais c'est ce qui donne un cachet particulier à chaque vie humaine. Chacun s'entoure d'une infinité de petites choses chargées des parfums du souvenir et de l'espoir. On n'abandonne derrière soi que les vieilleries couvertes d'une patine si épaisse qu'on ne peut plus y retrouver le visage aimé ou le geste de fraternité qu'ils recèlent.

Je me réjouissais d'avance à l'idée d'aller habiter une jolie maison au bord de l'eau, car j'aime bien l'eau. J'aime patauger dans les flaques froides du printemps et, l'été, nager dans les eaux profondes d'un lac ou d'une rivière. Toute jeune, j'avais peur de l'eau, mais Bonobo m'a initiée à la nage. Nous étions allés en excursion près de la rivière, un jour de juillet qu'il faisait une chaleur moite et lourde. Bonobo ne portait qu'un léger caleçon. Il se jeta à l'eau, s'éloigna de la rive en quelques mouvements des bras et des jambes et se mit à s'ébrouer comme une otarie. Il m'appelait:

— Viens, viens, Kami!

Mais j'hésitais à le rejoindre. Il se mit à se moquer de moi et à me traiter de poltronne. Là, il touchait une corde sensible: me traiter de poltronne, moi, une bergère teutonne! Je me jetai résolument à l'eau mais, lorsque je perdis pied, je voulus retourner sur la rive.

— Non, non, m'ordonna Bonobo, ici, avec moi.

J'allai le rejoindre et il me laissa poser mes pattes sur ses épaules, le temps de reprendre mon souffle et surtout mon calme. Puis, je revins avec lui sur la rive. Il lança un bout de bois à courte distance et j'allai le chercher. Il recommença en jetant le bout de bois chaque fois un peu plus loin. J'adorais ces jeux d'eau. Je sus nager d'instinct. De temps à autre, Bonobo se jetait à l'eau avec moi et, après avoir folâtré jusqu'à l'épuisement, nous venions nous reposer sur la berge. J'allais m'ébrouer tout près de Fuseline, la douchant copieusement, pour entendre ses cris de protestation, trilles cristallines qui ravissaient mes oreilles.

J'ignore la raison, mais mes maîtres optèrent finalement pour la montagne.

— Bientôt, me dit un jour Bonobo, nous irons vivre dans une belle maison, au milieu de collines boisées, non loin de la ville voisine.

Arriva le jour fatidique, maussade à l'image de nos âmes, d'un printemps tardif et revêche. Un ciel gris et bas déversait une pluie fine et froide qui glaçait les cœurs et engourdissait les corps. Très tôt le matin, une immense boîte sur roues, grande comme une maison, vint se placer devant la porte d'entrée. Des hommes se mirent à y entasser les meubles, les boîtes et les paquets de toutes sortes que Bonobo et Fuseline avaient préparés. On vidait la maison, méthodiquement, pièce par pièce, jusqu'à ce qu'il ne restât plus rien.

J'étais dans tous mes états. Cette nouvelle expérience me chavirait. Je courais comme une folle parmi des gens chargés de lourds fardeaux, au point de constituer une menace sérieuse pour tous et chacun. Bonobo n'attendit pas longtemps et alla m'attacher près de mon grand pin en me recommandant d'être patiente, que tout allait bien se passer.

Il fallut deux longues heures pour vider la maison. Quand tout fut terminé, Bonobo vint décrocher ma corde et donna le signal du départ. Un ami, venu donner un coup de main, chargea ma niche dans sa camionnette et se mit en marche. Prise de panique, je me mis à hurler:

— Il part avec ma maison! De quel droit? Où va-t-il?...

— Ne t'en fais pas, me dit Bonobo, il amène ta maison chez nous, à notre nouveau domaine.

Je me disais aussi que ça ne se pouvait pas, que Bonobo n'aurait jamais laissé personne, fût-ce un ami, partir avec ma maison. Mais je voulus tout de même m'assurer qu'on la portait bien à mon nouveau domicile et je sautai dans la camionnette. Bonobo ouvrit la marche et je fus rassurée. Aussi longtemps que nous le suivrions, je n'avais rien à craindre.

La route serpentait dans des montagnes boisées. Je songeais aux milliers de petits mulots tapis dans ces bois et aux chasses somptueuses qu'on pourrait y faire. Je me demandais si Bouquin le lièvre poussait des pointes jusque là. Certains de ses congénères avaient peut-être émigré dans ces parages. Bonobo croit-il vraiment que tous les lièvres sont des révolutionnaires de poche? Bouquin crevait de tristesse lorsque je suis allé lui faire mes adieux.

— Je vais me sentir seul maintenant, me dit-il, car tu sais que, nous les lièvres, nous ne vivons pas en société; chacun vit tristement dans son gîte comme un reclus. Je m'étais habitué à tes visites et j'aimais bien causer avec toi. Tu sais, il se peut que, moi aussi, je doive déménager: la rumeur court que les hommes font des projets d'autoroute et de parc industriel.

— C'est déjà commencé, dis-je, c'est pour cela que nous partons.

— Lorsque viendra le temps, dit Bouquin, je fuirai vers le nord. C'est la seule voie qui me demeure ouverte.

— Bonobo m'a dit que nous allions vers le nord, nous aussi. Peut-être nous reverrons-nous un de ces jours. À bientôt, Bouquin!

— Adieu, Kami!

J'en étais là de mes souvenirs lorsque Bonobo vira dans un chemin secondaire, monta une colline, redescendit dans un court vallon et s'arrêta devant une maison grise. Il sortit de sa voiture, vint à ma rencontre et me dit:

— Nous y voilà, ma petite Kami!

Et, montrant la maison d'un grand geste théâtral, il ajouta:

— Notre nouveau château!

— Dégueulasse! grognai-je. Tu es tombé sur la tête, mon pauvre Bonobo! Abandonner notre beau domaine pour un bourbier pareil! Toute cette boue! Et toutes ces traîneries! Et toutes ces saletés! Et tous ces arbres morts, ces roches informes, ces souches pourries, ces débris de construction! Où est mon terrain de jeu? Non, ça ne se peut pas! Moi, je rentre chez moi!

— Chez toi, c'est ici désormais, me dit Bonobo sur un ton sans réplique. Allons, descends!

Puis il alla installer ma niche derrière la maison en barbotant jusqu'aux genoux dans une lourde glaise détrempée. Je n'en revenais pas.

— Incroyable! me lamentai-je. Il est devenu fou! Troquer un merveilleux jardin pour un infect cloaque!

— Calme-toi, dit Bonobo, on va tout arranger ça, et en pas grand temps, tu verras. On va se faire un beau jardin, un grand terrain de jeu. Regarde le gentil ruisseau qui coule au milieu de ce bosquet... et les gigantesques rochers là derrière, pleins de mulots et de toutes sortes de bestioles que tu pourras chasser.

Bonobo cherchait désespérément à m'amadouer et, comme toujours dans ces cas là, il devenait horriblement bavard.

Le camion arriva bientôt avec nos meubles. Fuseline était arrivée la première emportant dans sa voiture quelques objets fragiles. Bonobo m'attacha à un énorme bouleau blanc derrière la maison.

— Tu ne me fais pas les honneurs de la maison? demandai-je sournoise.

— On ne fait pas les honneurs d'une maison vide, ricana Bonobo. Attends qu'on entre d'abord les meubles.

Un ignoble crachin continuait de tomber, fin et froid, qui faisait reluire ces immensités de glaise grise et rouille.

— Non, pensai-je, jamais je ne pourrai m'y faire. Bonobo a beau me promettre tout ce qu'il voudra, jamais il ne pourra faire un domaine agréable de ce magma gluant.

La maison, bien différente de celle que nous venions de quitter et, je dois l'avouer, d'un aspect plus agréable, frappe au premier abord, par son immense toit, haut comme le faîte d'une cathédrale, qui n'en finit plus de tomber, coupé en son milieu par une vaste lucarne flanquée, à gauche, d'un minuscule balcon qui fit immédiatement la joie de Fuseline.

— Nous jouerons à Roméo et Juliette, lui dit en riant Bonobo. Tu te mettras au balcon et moi, en bas, je te chanterai la sérénade.

Roméo et Juliette, ça doit être un couple d'amoureux, comme moi et mon Doberman. Les humains, ils font comme les oiseaux, ils se chantent l'amour. Nous les chiens, nous nous sentons l'amour.

À droite, le toit plonge jusqu'à deux mètres du sol environ et le bâtiment forme une saillie dont la façade constitue une large baie vitrée. La porte d'entrée s'ouvre dans l'encoignure sous la lucarne. Tout à fait à gauche, le garage dont le toit se décale vers l'arrière. Près du pignon de droite, une cheminée, plantée comme un chapeau sur la tête d'une coquette.

Ce bâtiment, d'un gris terne des fondations au toit, flottait alors sur une mer de boue comme un bateau maladroit qui se serait envasé dans des glaises gluantes. Triste spectacle de la grisaille tardive d'un morne mois de mai.

On me laissa seule près de ma niche pendant qu'on entrait les meubles dans la maison. J'en profitai pour faire un somme; toutes ces émotions, depuis le matin, m'avaient littéralement vidée.

À mon réveil, le calme était revenu. Bonobo restait seul avec Fuseline. Ils me firent visiter la maison, bien différente de celle qu'on venait de quitter, mais j'ai senti tout de suite que j'allais m'y plaire. La porte d'entrée donne sur un tambour qui s'ouvre à gauche sur une tout petite salle, et à droite sur une sorte de carrefour ouvert sur le salon, la salle à manger et un corridor. Toutes les pièces du rez-de-chaussée, ouvertes les unes sur les autres, se prodiguent un éclairage et une animation réciproques. Le salon, dont le plancher s'enfonce d'une couple de marches, véritable casse-cou pour les imprudents, donne sur la grande baie vitrée qui en occupe tout le mur de façade. De là, le plafond s'élance vers le faîte, coupé en son milieu par la balustrade d'une mezzanine. Faisant face à la baie vitrée, un foyer massif coupe le salon de la salle à manger, éclairée d'une grande fenêtre et ouverte sur la cuisine par une large baie. Une porte vitrée éclaire la cuisine et ouvre sur un balcon où il fait bon se chauffer aux premiers rayons du soleil printanier.

À l'étage, la chambre principale, vaste et bien éclairée par la large fenêtre de la lucarne, ouvre sur le balcon. La chambre des hôtes se situe à l'extrémité ouest. Au dessus du salon, la mezzanine où Bonobo classera une bonne partie de ses livres. À l'est, au-dessus du garage, deux chambrettes d'enfants que mes maîtres transforment aussitôt en bureaux. Au centre, une vaste salle de bain, toute blanche mais sans fenêtre.

Au sous-sol, un solide tapis gris dégage des senteurs de moisi et de petits rongeurs. Dès que Bonobo a eu le dos tourné, je me suis empressée de marquer l'endroit par quelques petits pipis bien placés.

La visite de la maison terminée, Bonobo me prit en laisse pour aller marquer le domaine. Deux tours me suffirent pour mémoriser les limites de notre territoire. Tout de suite, je perçus des odeurs de chiens... ou plutôt de chiennes... de trois chiennes qui devaient avoir leurs habitudes ici.

La maison flottait dans une mer de boue, de déchets, de troncs d'arbres, de pierres et même de débris d'asphalte.

— Un vrai dépotoir, dis-je à Bonobo. Il faudra travailler dur pour rendre ce domaine vivable.

— T'en fais pas, répondit le maître, on y arrivera. Regarde à l'est, le joli bosquet où serpente un gentil ruisseau ; un peu négligé et encombré, mais donne-moi seulement une semaine et j'en fais un joli boqueteau ombragé où il fera bon nous promener. Et là, derrière la maison, regarde-moi ce rocher ; une fois nettoyé, nous en ferons une splendide rocaille naturelle. Et, en haut de ce rocher, regarde-moi cette majestueuse érablière.

J'ai vite repéré, dans cette majestueuse érablière, des familles entières de ces infâmes écureuils noirs qui ne cessent de piller la nourriture que Bonobo distribue aux oiseaux. Si jamais j'en attrape un de ces insolents!

Tout l'été s'est passé à des travaux de forçat. Pendant que Fuseline s'activait à déballer et classer les affaires de la maison, Bonobo s'occupait, comme il disait pompeusement, de l'aménagement du territoire. Chaque jour, avec la ténacité d'un boxeur, il traçait des plans, mesurait des espaces, débitait des troncs d'arbres morts, arrachait des souches, déplaçait des tonnes de terre, creusait des fossés, ramassait les ordures. Il fit même appel à de la machinerie lourde pour dégager des camions de débris de toutes sortes, défoncer les endroits prévus pour le potager et les plates-bandes de fleurs, aplanir le terrain et le couvrir d'une bonne couche de terre arable. Puis, il sema le gazon, planta des haies, des arbres et des arbustes, de sorte que, à la fin de l'été, les gros travaux d'aménagement étaient terminés: la mer de boue avait cédé la place à une verdoyante pelouse, mon terrain de jeu s'étalait devant la maison, le potager en bordait le pignon ouest, une élégante remise aboutait le potager, et une large plate-bande et une longue rocaille n'attendaient plus que le prochain printemps pour se garnir de jolies fleurs. Enfin, refaite à neuf, l'entrée vaste, ouverte et fleurie, offrait un accueil plus chaud et plus hospitalier.

Sur tout le domaine, j'avais le nez encombré des odeurs lancinantes des trois chiennes avec qui il devenait urgent de faire plus ample connaissance. À l'odeur, je pressentais que j'aurais affaire à des chiennes du peuple, sans pedigree et sans éducation. Leur présence dans le voisinage allait chambarder ma vie, moi qui avais vécu jusque-là dans un isolement presque complet.

— Eh oui! me disait Bonobo, il faudra que tu apprennes à socialiser, ma petite Kami. Fini le règne incontesté de la princesse unique! Désormais, il faudra te frotter aux corniauds et aux roturières.

Des trois chiennes dont j'avais détecté l'existence à l'odeur, une habitait, et habite toujours, de l'autre côté du chemin, en face de notre voisin de gauche. Métisse collie mâtinée de bouvier bernois et de je ne sais quoi, je lui trouvai un air particulièrement sournois. Elle m'a tout de suite prise en aversion et pour cause: avant notre arrivée, elle habitait ici. Je lui ai donc ravi, en quelque sorte, son domaine: raison suffisante pour regarder quelqu'un de travers pour le restant de ses jours. Elle est la fille de notre voisine de gauche, une épaisse toutoune d'origine incertaine, gueularde, fantasque, mais d'un caractère plutôt jovial, disparue mystérieusement il y a quelques mois. Sur notre droite, de l'autre côté du chemin, en haut de la colline, habitait la fille de la voisine d'en face, morte depuis dans les serres du piège d'un braconnier. On avait donc comme voisines immédiates trois générations de métisses : la grand-mère à gauche, la mère en face et la fille en haut à droite.

Un jour, elles décidèrent de me faire entendre la voix du sang. Elles s'alignèrent toutes les trois sur le ponceau, bien décidées à me donner une leçon de civilité. On ne vient pas impunément s'établir sur le domaine d'autrui, en se donnant des airs d'aristocrate à qui tout est permis. Elles se consultaient du regard, attisaient leur vengeance, bandaient leurs muscles, aiguisaient leurs crocs. Moi, je me tenais assise, immobile, à mi-chemin entre le ponceau et la maison, curieuse de ce qu'elles allaient entreprendre et bien décidée à défendre mon domaine jusqu'au sacrifice suprême s'il le fallait. Mais je devais à tout prix garder mon calme, le calme d'avant la bataille, étrange, mystérieux, générateur d'épouvante. La rage meurtrière, les bergers teutons le savent d'instinct, désavantage le combattant, car elle glace le sang, abrège le souffle, noue les muscles.

Ici, je dois céder la parole à Bonobo, tellement son récit est délirant.

« Je vous jure, une vraie scène d'un film de Sergio Leone, s'exclame le Volubile. La famille s'aligne sur le ponceau, les trois générations sur une ligne droite, l'œil mauvais en perpétuel mouvement. Elles se regardent, font un pas en avant, s'arrêtent, observent les lieux, tiennent un conciliabule, avancent d'un demi pas. Pendant tout ce temps, Kami, assise à environ dix enjambées, se tient aussi immobile que la femme de Loth changée en une statue de sel. L'œil fendu étroit à la Clint Eastwood, elle observe sans en avoir l'air, comme si elle se chauffait tout bonnement au soleil. Les trois méchantes chiennes, vêtues de noir évidemment, se concertent, avancent d'un pas, s'arrêtent, se consultent, attendent. Kami ne bronche pas; pas le moindre frémissement; pas un seul poil de son corps ne se soulève. Serait-elle pétrifiée de peur? La grand-mère, la plus fantasque des trois, semble s'enhardir à la pensée qu'elles ont peut-être affaire à une trouillarde. Hardi! Un pas de plus! Et un autre! Kami demeure figée sur place. Un autre petit pas... Les trois se tiennent toujours sur une ligne bien droite, prêtes à attaquer des trois côtés à la fois. La grand-mère se réserve l'aile droite, la mère occupe le centre et la fille, l'aile gauche. Chaque pas leur confère plus d'assurance, car il est de plus en plus évident que la nouvelle se meurt de peur. Et pourtant... Elle ne s'est pas encore soumise: elle garde la tête toujours bien droite, la fente de l'œil toujours plus étroite. Mais qu'attend-elle donc pour réagir? Elles ne sont plus qu'à deux enjambées à peine. Une autre consultation. Un autre pas, plus prudent celui-là, plus lent et plus léger, comme si la terre leur brûlait tout à coup les pieds. Soudain, vive comme l'éclair, la statue de sel bondit, tous crocs dehors, en faisant entendre un rugissement terrible. Jamais on n'a vu bond si subit et si prodigieux! Jamais on n'a entendu voix si féroce et si redoutable!

Kami vient atterrir en plein devant le museau de la gardienne du centre qui, glapissant d'épouvante, s'enfuit à toutes jambes se cacher sous son perron. Partageant la panique de sa mère, la fille court se réfugier sur sa colline en se demandant d'où sort cet horrible monstre qui semble vouloir semer la terreur dans tout le canton. La grand-mère, la plus courageuse des trois, recule de quelques enjambées en vociférant des obscénités.

— Ça fait la hautaine, hurle-t-elle, ça se donne des airs, ça se prend pour une kaiserine ! Mais regarde-moi ça, vois l'air que ça fait quand ça bouffe, quand ça lape, quand ça roupille, quand ça pisse, que ça chie, que ça s'accouple !

Une affreuse grimace de Kami la fait taire et elle rentre chez elle en jetant derrière elle des regards chargés de toutes les malédictions canines de l'univers. Je vous jure, un vrai film de Sergio Leone !»

Et finalement Bonobo s'arrête, hors d'haleine.

Pour bien m'assurer qu'on saurait dans tout le canton que, à partir de ce jour, j'étais la seule et incontestable reine de ce domaine, je m'assis sur le ponceau et me mis à clamer mon chant de guerre que Bonobo m'avait enseigné :

> *Je suis Kami,*
> *bergère teutonne,*
> *auguste patronne*
> *de ces taillis.*

Je suis Kami,

terrible guerrière,

souveraine altière

de ces prairies.

Je suis Kami,

canine acérée

reine incontestée

de ce logis.

Remarquez que je n'ai blessé aucune des trois métisses; il a suffi de leur faire peur. Bravoure n'est pas férocité. En vertu de ma taille, de mon port d'aristocrate et surtout de mon assurance calme et sereine, les gens me craignent d'instinct et les chiens me font une cour respectueuse.

Les efforts de Bonobo m'ont vite réconciliée avec mon nouveau domaine, vaste, varié et tout plein de surprises. La maison a un certain charme et mon terrain de jeu est propre et bien dégagé. Le voisinage me plaît beaucoup. Le chemin forme une boucle qui serpente gentiment parmi des collines boisées, piquées çà et là de jolies maisons, et que je parcours souvent à pied en compagnie de Bonobo et de Fuseline. J'adore ces petites marches tranquilles où mes maîtres me laissent toute la liberté de renifler à ma guise les milliers d'odeurs qui jalonnent le parcours. Le quartier foisonne de chiens et d'enfants. Retrouverai-je ici le petit Maxime?

Dès notre arrivée, j'avais repéré, dans le vallon derrière chez nous, des odeurs inconnues et j'avais bien hâte d'en identifier la source. Un ruisseau coule à travers ce vallon. À l'époque, il s'élargissait pour former un petit étang. Lors d'une promenade avec mes maîtres, j'aperçus des oiseaux qui s'y baignaient.

— Regarde, dis-je stupéfiée à Bonobo, des oiseaux qui nagent! Incroyable!

— Ce sont des canards, me dit Bonobo qui s'enlignait sur un autre de ses cours d'histoire naturelle.

Je le coupai aussitôt:

— Drôles d'oiseaux! Et qui dégagent un de ces parfums! Des relents gris de duvet graisseux!... Mais je sens aussi une odeur de suif âcre, comme de la graisse marinée dans le vinaigre. Tu connais, Bonobo?

Bonobo se mit à renifler à petites saccades, comme font les hommes, sans rien saisir, comme de raison. Mais il n'en pontifia pas moins:

— C'est l'odeur du castor. À ce qu'il paraît, il y en avait toute une colonie jusqu'à tout récemment. Tu vois, là, un peu en aval, les débris d'un barrage et d'une hutte? On a détruit leur ouvrage sans doute pour éviter les inondations.

Et poursuivant sur un ton doctoral:

— Le castor est un rongeur sciuromorphe...

— Rentrons, interrompit Fuseline, les maringouins me mangent.

Depuis lors, on a remblayé l'étang et les odeurs de canard et de castor ont disparu.

Un peu en aval de cet étang, sur le territoire de notre voisin, il y a un petit lac alimenté par le ruisseau. Les propriétaires ont créé sur ses rives un joli jardin, une petite plage et un parc d'amusement où hommes et bêtes du quartier peuvent s'ébattre, se baigner et se reposer.

Le ruisseau poursuit sa course vers le sud. Un jour que moi et Bonobo étions partis à la reconnaissance de son cours, nous découvrîmes un magnifique plateau boisé où il nous serait possible d'ouvrir une piste pour nos longues promenades en forêt. Bonobo et Fuseline se mirent à l'œuvre à l'automne et, dès le premier hiver, nous pouvions reprendre nos randonnées dans la neige. Mais, contrairement à notre ancienne piste que nous parcourions la plupart du temps sans rencontrer âme qui vive, il est rare que, au cours de nos promenades sur ce plateau, nous ne fassions la rencontre d'autres chiens accompagnés de leurs maîtres. Alors, sous les regards amusés de nos humains, nous nous livrons à des courses folles, des poursuites insensées, des jeux de dominance et de soumission, des mordillements sournois et des échappées fulgurantes. Je suis la seule, au cours de ces jeux, à ne jamais me soumettre à qui que ce soit. Tous me craignent et j'en éprouve une drôle de sensation, une sorte de picotements euphoriques : la griserie de la puissance.

À ce propos, je me souviens de la visite importune d'une dame vénérable et élégante venue, un dimanche matin, déranger Bonobo dans la cueillette de ses haricots. Lorsque la dame sortit de sa luxueuse voiture noire, je voulus, selon mon habitude, renifler les émanations de son entre-jambes, mais Bonobo sut me retenir à temps par mon collier. Il y eut les salutations d'usage. Puis, je crus comprendre que la dame voulait causer d'un certain Jéhovah qui, paraît-il, préside à la destinée de tous les humains. Mais ce jour-là, Bonobo n'était pas d'humeur à remuer de profondes pensées. Il répondit à la dame, d'un ton qui me parut pour le moins cavalier :

— Madame, je préfère contempler Jéhovah dans mes tomates qui mûrissent au soleil que d'essayer d'en prouver l'existence par les tortueux raisonnements de ses mandarins. Je vous prierais donc de m'excuser, j'ai à faire dans mon jardin.

La dame se permit d'insister. Bonobo, qui me tenait par le collier, répliqua :

— Madame, ma chienne devient impatiente. J'ignore combien de temps encore je pourrai la retenir.

Je compris le message et, contrairement à mon habitude, je fis à la dame une grimace menaçante et laissai entendre un grognement sourd et effroyable. La dame remonta d'un bond dans sa voiture et s'enfuit sans demander son reste.

— Hein! s'exclama Bonobo tout réjoui, la vénérable dame, elle l'a vite transporté ailleurs, son Jéhovah! Bravo, ma petite Kami! Tu piges vite, tu es une chienne très intelligente.

Et moi, croulant sous les caresses intempestives d'un Bonobo surexcité, je me disais en moi-même que ça nous fait du bien de pouvoir inspirer la crainte. Ah! la volupté de lire la peur dans l'œil de l'autre!

SABBAT CANIN

Un jour de juillet, la voisine de droite, une petite Beagle du nom de Margo, vint s'asseoir sur notre ponceau. Les oreilles pendantes, l'œil inquiet, elle regardait vers la maison ; elle s'était mise de côté pour signifier qu'elle ne me cherchait pas noise, mais désirait me parler tranquillement. Couchée sur le perron, le nez au frais dans les fougères qui ornent l'angle d'ombre, je sommeillais. Lorsque je l'aperçus, je me levai, m'approchai et lui demandai ce qu'elle voulait.

— C'est la coutume, me dit-elle, de tenir chaque année un sabbat canin sur le plateau qui s'étend à l'est du lac de mes maîtres. Cette année, la fête aura lieu samedi prochain. Je suis venue vous inviter au nom du comité organisateur. Tous les chiens du canton ont l'habitude d'y venir, même la vieille Grisemine. On servira un abondant buffet. Puis, il y aura des jeux, des compétitions sportives, un concours de beauté et des danses. Il est strictement interdit de se faire accompagner de ses maîtres. La fête commence vers dix-sept heures. L'entrée est gratuite, mais on peut offrir des os pour le fond de solidarité canine.

— Je te remercie de ton invitation, lui répondis-je poliment. Il me fera plaisir de participer au sabbat canin de cette année. Je suis heureuse de saisir l'occasion de faire la connaissance de tous les chiens du canton.

Margo rentra chez elle, rassurée et ravie de ma civilité.

Le samedi, vers quatorze heures, je demandai à Bonobo de bien me brosser tout le corps et de lustrer mon poil du mieux qu'il pouvait.

— En quel honneur? bourrassa le maître qui voulait regarder sa partie de base-ball à la télé.

Je lui racontai qu'on m'avait invitée au sabbat canin traditionnel du canton et que je voulais bien paraître.

— Comme ça, se mit à ironiser Bonobo, ma petite Kami, bergère teutonne de race, s'en va se dévergonder? Une partouze du tonnerre avec tous les corniauds et les métisses du pays, hein?

— Il n'y a pas si longtemps, lui fis-je remarquer non sans un peu de perfidie, ne m'as-tu pas débité toute une harangue à l'effet que ma vie solitaire de fille unique prenait fin et que je devais désormais me frotter aux corniauds et aux roturières du canton?

— Qui s'y frotte s'y pique, déclama Bonobo, l'index sentencieux pointé vers le haut.

— Tu ne trouves pas que ce sabbat canin m'offre une belle occasion de faire la connaissance des chiens du canton? Ce sera une belle fête, tu sais. On servira un copieux buffet. Il y aura des courses, des sauts, de la lutte persane et toutes sortes d'épreuves sportives. Il y aura aussi un concours de beauté et des danses. C'est Margo qui m'a transmis l'invitation. Elle m'a dit que tous les chiens du canton y participeraient, y compris la vieille Grisemine.

— La blonde pouffiasse? Je voudrais bien la voir danser, celle-là, hurla Bonobo dans un monstre éclat de rire.

Puis, il se fit hypocritement sérieux:

— Je me demande vraiment si tu as ta place dans ces orgies populacières. Je suis enclin à te refuser la permission d'y aller.

— J'ai déjà dit à Margo que j'irais. Tu ne vas tout de même pas me faire passer pour une chienne qui ne tient pas parole.

— Bon, d'accord, je t'accompagnerai.

— Interdiction formelle de se faire accompagner de ses maîtres!

— Vous ne seriez pas en train, par hasard, de former un syndicat ou peut-être même de fomenter une révolte canine?

— Ah! ce que tu peux être ombrageux, mon pauvre Bonobo! Il s'agit tout simplement d'une réunion annuelle où tous les chiens du canton font la fête.

— Je voudrais être assuré que tout va se passer comme tu dis. Mais, jeux de chiens, jeux de vilains, dit le proverbe.

— J'en ai marre à la fin! m'écriai-je excédée. Depuis notre arrivée ici, tu me rabâches que je dois socialiser, que mon règne de chienne unique est terminé, que je dois me montrer moins arrogante avec les chiens d'autres races, que je dois fréquenter les corniauds et les roturières! Maintenant qu'on m'invite à un sabbat canin, tu te ronges d'inquiétude, tu deviens méfiant. Tu soupçonnes la race canine tout entière de préparer la révolution universelle contre les hommes, ce qui, soit dit en passant, ne serait peut être pas une si mauvaise chose.

— C'est Bouquin qui t'a fourré ces idées-là dans la tête? coupa le maître.

— Peu importe, repris-je sèchement. En tout cas, moi, j'en ai assez de tes propos contradictoires! C'est à n'y rien comprendre! Et puis, écoute bien, Bonobo, je vais te dire une chose: veux, veux pas, ce sabbat canin, moi, j'y vais. Tu refuses de me brosser? Très bien, j'irai à la fête le poil sale et hirsute. Ça t'en fera une renommée dans le canton! Il y a aussi un de tes proverbes qui dit que le chien ressemble à son maître.

— Eh bien, dis donc, quelle éloquence!... Tu y tiens tant que ça à ton sabbat canin?

— Je ne tiens surtout pas à passer pour une chienne qui n'a pas de parole.

Et voilà soudain mon Bonobo secoué d'un rire hystérique. Il avait réussi, par son verbiage, à me jeter hors de mes gonds. J'enrageais et mon cœur battait la chamade. Il fallait absolument me calmer avant de me rendre à la fête. La voix de Bonobo se fit rieuse:

— Ma petite Kami sera la plus belle du sabbat. Je vais lui lustrer son poil comme la fourrure d'un vison, lui faire les ongles, lui brosser les dents et même lui mettre une goutte de parfum derrière les oreilles.

— Surtout pas! m'écriai-je. Non mais, tu te rends compte? Du parfum derrière les oreilles! De quoi j'aurais l'air? Je n'ai pas envie de passer pour une catin. Je veux qu'on me prenne pour ce que je suis: une grande dame de chienne, distinguée, racée, fleurant sa chienneté au naturel.

— Bon, bon, ça va, j'ai compris, dit Bonobo soudain redevenu impatient. Je te brosse et tu pars pour ton sabbat. Mais, ne te mêle à aucune chicane! Je ne veux pas qu'on te prenne pour la nouvelle chipie du canton. Laisse ce rôle à la vieille Grisemine.

— T'inquiète pas, dis-je. Je serai sage.

Bonobo m'a enseigné que la ponctualité est la politesse des rois. Et je trouve qu'il a raison. J'aime une vie bien ordonnée, régulière, où l'on sait un peu à l'avance ce qui va se passer. Aussi, à dix-sept heures tapantes, je posais prudemment les pieds sur le terrain du sabbat. Il y avait là les membres du comité organisateur qui balisaient les pistes, érigeaient les obstacles, montaient les estrades et rasaient l'herbe de la piste de danse. Un géant danois s'affairait à monter la chaîne stéréophonique.

— Hum! Voilà un gros morceau, me dis-je, mais il a l'air gentil. Soyons prudente, tout de même.

Je m'approchai, le saluai poliment et me présentai:

— Je suis Kami, bergère teutonne de race. J'habite la maison grise, dans le vallon à l'ouest.

— Ouais! Moi, je m'appelle Zorba, dit-il d'un ton faussement bourru, les quatre pattes emberlificotées dans des dizaines de mètres de fil. Tu y comprends quelque chose, toi, à ces sacrées boîtes à musique?

— Non, absolument rien, répondis-je humblement.

— Mon maître, un vrai toqué de l'électronique, m'en a bien enseigné les rudiments, mais je dois avouer que mes talents restent fort limités. C'est quand même moi, qui, à chaque année, hérite de cette corvée. Que veux-tu? Il faut bien que quelqu'un s'occupe de la musique sinon le sabbat se réduirait à des compétitions sportives et à des coquetteries de bichon. Moi, je trouve qu'il n'y a rien pour remplacer la musique. La musique, ma petite... comment t'appelles-tu déjà?

— Kami.

— Kami, bien! La musique, ma petite Kami, je vais te dire, la musique, ça guérit de tous les maux, les maux de ventre et les maux de tête. Une panacée, quoi! Un remède universel! C'est physio et psycho en même temps, si tu vois ce que je veux dire.

— Oui, je comprends, murmurai-je modestement.

— Et de la musique, il y en aura pour tous les goûts, continua Zorba. Je te le jure: s'il n'en tient qu'à moi, ça va sauter tout à l'heure!

Puis, chassant de la patte une guêpe importune, il me demanda:

— Tu ne trouves pas qu'il y a beaucoup de guêpes, cette année?

— Elles sont sans doute attirées par le buffet, répondis-je.

Je m'excusai et promis de le revoir au cours de la soirée. Sympathique, ce Zorba!

J'allai ensuite saluer Margo qui essayait la piste en compagnie de Skimo, un magnifique husky sibérien. Après avoir bavardé tous les trois durant quelques minutes, elle m'entraîna pour me présenter aux autres membres du comité organisateur.

— Voici Kami, dit-elle, ma voisine, arrivée dans le quartier il y a quelques semaines seulement.

Un bulldog massif laissa filer de sa gueule d'aristocrate pervers une bave laconique :

— Winston, président du comité.

— Quelle morgue, pensai-je, dans un si vilain visage ! Et pas bavard pour deux sous, le vieux !

Assise à ses côtés, une majestueuse matrone au poil blond et ondulé qui, à en juger par l'admiration servile qu'on lui voue et les courbettes obséquieuses dont on l'assaille, semble exercer un pouvoir despotique sur la gent canine de tout le canton. Comblée d'ans et d'honneurs, elle exhibe impudemment ses chairs molles et visqueuses, témoins de son antique beauté, écrasant de son regard altier tous ceux qui osent l'approcher. Tremblante, Margo dit dans un souffle :

— Voici Grisemine, la doyenne du canton. Elle préside le jury cette année.

Je fixai longuement Grisemine en silence puis, d'un signe de tête à peine perceptible, je la saluai :

— Madame !

Son sourire, hideux rictus d'hyène, ne put dissimuler l'aversion qu'elle éprouvait à mon égard.

— Vous me semblez bien brave, me dit-elle d'un ton plein de condescendance. Et quel coffre! J'ai hâte de vous voir à l'œuvre, tout à l'heure, à la lutte persane, car vous lutterez, n'est-ce pas?

— Je lutterai, répondis-je sèchement.

Je m'éloignai aussitôt, écœurée par l'odeur d'urine rancie qui se dégageait de cette pimbêche délabrée.

Margo me désigna un labrador tout noir, nerveux, fébrile, disant:

— Voici Toto, le chien à tout faire du comité.

Et radieuse, elle me chuchota à l'oreille:

— C'est mon amoureux.

Nous nous approchâmes ensuite d'une superbe petite chienne papillon, à l'œil vif et à l'air enjoué.

— Phalène représente le croissant sud, dit Margo.

Puis, me désignant un majestueux lévrier afghan à la robe d'or, elle dit:

— Attila représente le croissant nord. Et voici Baron, responsable du concours de beauté.

Puis, elle me glissa en sourdine:

— Comme ce caniche bellâtre sortait toujours vainqueur du concours de beauté, cette année, le comité lui en a donné la responsabilité pour permettre à d'autres de gagner ce concours.

Margo devint tout à coup nerveuse :

— Bon, il faut que je vous laisse. Je dois me hâter : c'est moi l'hôtesse et la foule s'amène. Je vous revois un peu plus tard.

Charmante, Margo ! Je sens qu'on va bien s'entendre toutes les deux.

Le plateau se peuplait rapidement de chiens de toutes espèces venus de tous les coins du canton. Je remarquai un énorme berger allemand métissé de bouvier, au poil hirsute, aux petits yeux vairons et aux oreilles cassées. Cela lui donnait un air mauvais. De fait, ce grand bébé sans malice, niais, un peu bouffon, ne saurait m'en imposer ; mais ses gaucheries représentaient un réel danger pour ses congénères de petite taille.

Soudain, une voix se fit entendre dans le haut-parleur réclamant l'attention de l'assemblée. Verbaux, un Collie élégant et raffiné, faisait office de maître de cérémonie. Après avoir souhaité la bienvenue à tous et chacun, il nous fit part du programme de la soirée et de la composition du jury. La vieille Grisemine présidait ; Médor, fox d'un certain âge, Rex, un pékinois au souffle court, Caïd, un bâtard indéfini et Bouchka, petite griffonne hargneuse, en étaient les membres. Verbaux invita ensuite tous les chiens à se regrouper en trois classes pour les compétitions sportives : les joujoux, classe des nains, les loulous, de taille moyenne et les toutous, de grande taille dont je fis partie.

Les compétitions sportives durèrent environ deux heures: courses en piste, courses à obstacles, chasse au trésor, sauts de toutes catégories, combats de lutte persane se succédaient à un rythme endiablé. Soit dit sans me vanter, je fis sensation. Dans la catégorie des toutous, je gagnai la médaille de bronze à la course en piste, la médaille d'or à la course aux obstacles qui demande davantage d'intelligence et de discipline, la médaille d'argent au saut en hauteur et la médaille d'or au saut en longueur. Il faut dire que je suis dans une forme physique éblouissante.

La course aux obstacles donna lieu à un incident comique qui suscita l'hilarité générale: premier à prendre le départ, Zorba resta coincé à l'enfilade du baril trop petit pour sa taille. Il nous servit tout un répertoire de pitreries plus drôles les unes que les autres sans pouvoir se dégager. On dut l'aider à se déprendre et dès qu'il fut libre, il nous fit entendre une turlute de son cru accompagnée de quelques pas de danse avant d'aller reprendre le départ. L'enfilade du baril fut retirée de la course.

Je fis piètre figure à la chasse au trésor et dus me contenter d'une cinquième place. Troublé par un grand nombre de nouveaux effluves, mon flair s'embourba et je perdis complètement le nez à ma grande confusion. La chasse au trésor fut gagnée par un terrier à barbiche de bouc.

L'épreuve que tous attendaient avec impatience, le clou de tous les exploits sportifs, c'était la lutte persane poids lourd. Chez les joujoux, les combats amusèrent beaucoup la foule. Plus d'une fois, il fallut séparer les belligérants après la chute officiellement déclarée par l'arbitre. On aurait dit que ces petites bêtes de salon cherchaient à compenser leur nanisme par une agressivité morbide. Mais, chez les poids lourds, la lutte persane ne tournait jamais à la rigolade. Il y eut plusieurs disqualifications de sorte que je me retrouvai en finale contre Zorba. Il me fixa longuement, laissa filer un long sifflement moqueur, fut secoué d'un rire sardonique, se calma et me dit dans un sourd grognement:

— À nous deux, ma petite Kami! Pas de quartier! Cette médaille d'or, il me la faut!

Mue par je ne sais quel mauvais esprit, je me plantai fièrement au centre de l'arène et, devant tous les chiens du canton, j'entonnai mon chant de guerre que Bonobo m'avait enseigné:

Je suis Kami,
bergère teutonne,
auguste patronne
de ces taillis.

Je suis Kami,

terrible guerrière,

souveraine altière

de ces prairies.

Je suis Kami,

canine acérée

reine incontestée

de ce logis.

Et, pour faire bonne mesure, j'ajoutai de mon cru un quatrième couplet:

Je suis Kami,

noble championne

qui chaponne

ce malappris.

Des huées fusèrent de toutes parts. Je venais de me faire de nombreux ennemis par ma sotte vanité.

— Pas de quartier, dis-je à Zorba à voix basse, sans baisser les yeux.

— Je vais te faire ravaler ton petit couplet injurieux, gronda le monstre.

Mais, à ce moment précis, je vis passer dans le regard de mon adversaire une brève lueur d'inquiétude. Je fus dès lors assurée de la victoire.

L'arbitre, un spitz norvégien, fin connaisseur de la lutte persane, nous rapprocha au centre de l'arène et nous rappela les règles élémentaires du combat.

— La victoire, dit-il, échoit au premier qui renverse son adversaire. Le sang ne doit pas couler; le combattant qui fait couler le sang est automatiquement disqualifié et la victoire va à son adversaire. Que la lutte soit loyale et que le meilleur gagne!

Zorba ne bougea pas. Il me fixait de ses yeux sombres. Mon couplet bravache le tracassait. Il se demandait quel atout caché je pouvais bien tenir qui pourrait le surprendre. De fait, pendant que nous l'aidions à se déprendre du baril, j'avais remarqué qu'il était extrêmement chatouilleux sur le flanc gauche. Je m'étais même amusée à vérifier cette observation en lui passant légèrement les ongles sur ce flanc à quelques reprises. À chaque fois, pris de spasmes irrésistibles, il perdait le contrôle de ses muscles. Pour gagner mon tournoi, je devais donc lui griffer gentiment le flanc gauche, en prenant bien soin de ne pas faire couler le sang, et profiter de la précarité de son équilibre pour le terrasser.

— Heureusement, pensai-je en moi-même, Bonobo m'a bien fait les ongles.

J'attaquai donc sournoisement du côté droit. Comme je m'y attendais, Zorba volta et me présenta son flanc gauche complètement découvert. Je n'eus qu'à glisser des griffes légères sur le pelage fauve. Je sentis les muscles se relâcher, la peau vibrer et le puissant corps chanceler. D'un solide coup d'épaule, je le couchai sur le flanc.

Un frisson parcourut la foule qui figea de stupéfaction. On avait peine à le croire. Tout s'était déroulé tellement vite. Le combat à peine engagé, le géant, favori de la majorité des spectateurs, se retrouvait par terre. Inimaginable! Le médaillé d'or de tant de combats si subitement terrassé! L'arbitre m'accorda la victoire.

— Bien joué, me souffla-t-il admiratif.

Mes partisans se mirent à couvrir le plateau de bravos retentissants et d'applaudissements frénétiques. Par contre, dans le camp adverse, l'incrédulité régnait. Le soupçon s'insinua même dans quelques esprits pervers. Avais-je acheté la victoire en promettant à Zorba des faveurs que je n'étais même plus en mesure de lui accorder? Leur héros avait-il été drogué? Ou étais-je vraiment la terreur dont mes trois voisines avaient publié l'arrivée dans le canton?

Zorba se releva, les yeux arrondis par la surprise, le visage assombri par la déception. Mais, généreux, Zorba reprit bientôt son large sourire et m'arracha presque la patte en la brandissant bien haut pour me concéder la victoire. Il me félicita bruyamment et ajouta à voix basse:

— Brave et maligne! Tu iras loin. Mais attention à la vanité, elle te tuera. Dis moi, où as-tu appris que j'étais chatouilleux du flanc gauche?

— À l'enfilade du baril.

Zorba sourit d'un petit air entendu.

Je saluai la foule et jetai un coup d'œil furtif du côté de la vieille Grisemine, verte de fiel.

Les compétitions sportives terminées, on passa au concours de beauté. Ce concours se tenait toutes classes confondues et fut remporté par Katcha, une magnifique samoyède à la fourrure d'un blanc crémeux moirée de reflets d'argent.

Enfin, vint l'heure du buffet. Un vaste drap tendu par terre regorgeait de pâtés, de croquettes, de fricassées, de ragoûts. Et des os en pagaille! Il y avait aussi des gâteaux et des petits fours.

Zorba voulut faire jouer une musique d'ambiance, question de nous mettre en état pour la danse qui allait suivre. Tout en tripotant ses boutons, il posa une patte malencontreuse sur un nid de guêpes caché sous terre. Ces bestioles lui rappelèrent à leur façon qu'on ne piétine pas impunément un nid d'hyménoptères, comme dirait Bonobo. Le pauvre Zorba, les pieds entortillés dans ses fils, fit un saut de titan suivi d'un vol plané spectaculaire et, dans une cascade assourdissante, entraîna dans sa chute au fond du ravin la chaîne stéréo et le buffet tout entier. Une foule hébétée vit disparaître dans le gouffre Zorba, le buffet et la chaîne stéréo. Une dégringolade terrifiante, comme on n'en avait jamais vue dans toute l'histoire du sabbat canin. Puis, le silence s'abattit sur le plateau, un silence de plomb, le silence inquiet des fins de cataclysme. Personne ne bougeait, nul n'osait ouvrir la bouche. Des regards muets se croisaient, éperdus.

— Quel est cet ancêtre qui se laisse aller à une colère si terrible? se demandèrent les plus dévotes d'entre nous.

J'allais descendre porter secours à Zorba lorsque soudain, du fond du ravin, un cri de dément déchira le silence, répercuté cent fois par l'écho des bois voisins. Et, comme la queue d'une comète, les rires glauques d'un halluciné s'égrenèrent sur le plateau muet de stupeur. Zorba riait en bas, et sa voix rauque dominait le bruit du torrent. Au bout d'un moment, son rire contagieux déclencha sur le plateau une hilarité quasi obscène. Subitement, les rires se turent. Tous les regards se portèrent sur un point précis de la berge où une patte ensanglantée venait de surgir. Assistée de Skimo, j'aidai le pauvre Zorba à se hisser sur le plateau. Il apparut devant la foule ahurie, sale, écorché, mais bien vivant. Il regarda derrière lui, sourit et dit:

— Toute une culbute!

Parcourant d'un regard circulaire la piste de danse et l'aire du buffet, le visage soudainement illuminé d'une poétique folie, il s'exclama :

— Une merveille de catastrophe ! C'est comme ça que je les aime !

Et il se mit à turluter de ses airs favoris en y insérant des exclamations enflammées :

— Musique ! Musique ! Il n'y a que la musique !

Et ses turlutes se firent plus enjouées, ses cris plus impérieux :

— Musique ! Musique ! Et que ça saute !

— Il est tombé sur la tête, chuchotaient certains.

— Il a perdu la raison, estima la vieille Grisemine.

Phalène accourut avec sa trousse des premiers soins ; Zorba se laissa dorloter le temps d'épuiser la patience de la petite infirmière. Les commentaires allaient bon train.

— Il faut le conduire chez le vétérinaire, disaient les uns.

— Après une pareille débarque, il aura sûrement des tarauds de dévissés, ricana un finfin.

— Et peut-être même la boîte à sinus un peu fêlée, ajouta un autre.

Enfin, Zorba se leva et, solennel, demanda le silence.

— Ne vous tracassez pas pour moi, dit-il. Je n'ai rien de cassé, rien de dérangé... Ce sera pour la prochaine fois... En fait de catastrophe, on n'aurait pu en imaginer de plus... fantastique. Monter la chaîne stéréo en plein sur ce maudit nid de guêpes! C'est la fatalité! À l'eau le buffet, c'est le cas de le dire! Adieu la boîte à musique! Finie, la fête! Terminus! Tout le monde descend!...

Et Zorba se mit à fredonner du Wagner... Puis, s'arrêtant net, il reprit sa harangue:

— Bien moi, je vous dis que non! Elle n'est pas finie, la fête! Musique! Musique! C'est ça le remède! Toi, Margo, cours vite chez ton maître, emprunte-lui son magnétophone, assure-toi qu'il y a des batteries neuves dedans, rafle une dizaine de cassettes, et reviens vite. On va bien voir si on peut lui faire un pied de nez à ce maudit destin.

À peine un quart d'heure après ce discours inspiré, la fête avait repris. La piste de danse grouillait d'une jeunesse en délire pendant que les plus âgés se racontaient les récents potins du canton.

Entre deux danses, Verbaux réclama l'attention de tout le monde pour annoncer qu'on devait procéder au choix du couple royal du sabbat. Selon la coutume, l'assemblée élit le roi et le roi choisit lui-même sa reine.

— Zorba! jappa le labrador. Zorba est roi! Vive Zorba!

— Zorba est roi! répéta la foule unanime. Vive Zorba! Vive le roi Zorba!

— Zorba est roi, vint déclarer officiellement le président Winston. Dieu sauve le roi!

— Zorba, qui choisis-tu pour être ta reine? demanda Verbaux, maître des cérémonies.

La foule retenait son souffle pendant que le roi Zorba, qui a le sens du théâtre, semblait scruter de son regard sombre le fond de l'âme de toutes les prétendantes. On chuchotait dans la foule que Katcha, la samoyède, avait séduit Zorba et qu'on les avait souvent vus ensemble durant le sabbat. Elle était donc, à ce qu'il semblait, la reine toute désignée.

— Kami sera ma reine, dit soudain Zorba.

Un bref mouvement de stupeur accueillit le décret royal. Je m'approchai de Zorba qui me sourit et me fit prendre place à sa droite.

— Vive la reine! cria Margo.

— Vive la reine! reprirent quelques voix sans trop de conviction.

De toute évidence, je n'étais pas l'élue de la foule. Comme je regrettais, en ce moment, mon chant de guerre et surtout mon couplet fanfaron à l'endroit de Zorba! J'ai même cru, un moment, que Grisemine allait faire une crise d'apoplexie. Mais un froid sourire de diplomate se figea sur sa face bouffie. Il n'eut pas été prudent de déplaire au bon roi Zorba.

— Musique! aboya le roi, et que ça saute!

La fête se poursuivit très tard dans la nuit. Personne n'osa quitter avant le signal du roi.

Je rentrai chez moi affamée, mais le cœur gonflé d'orgueil. Championne à la lutte persane, j'avais aussi gagné un tas d'autres médailles. Et surtout, surtout, le roi Zorba m'avait choisie pour être sa reine. Je racontai à mes maîtres comment la fête s'était passée. Pendant que Bonobo tirait vanité de mes exploits, Fuseline pleurait d'émotion au récit des aventures du bon roi Zorba.

Tous les sabbats canins ne sont pas aussi dramatiques. Mais on s'y amuse toujours ferme. Ces dernières années, plusieurs chiens nouveaux y participent, car notre voisinage s'est beaucoup développé. Depuis notre arrivée dans le quartier, plusieurs nouvelles maisons ont été érigées, de nouvelles familles sont venues s'installer avec de nouveaux enfants, de nouveaux chiens et aussi de nouveaux chats.

Parlant de chats, nos voisins d'en face ont une chatte superbe qui répond au nom de Sabine. Vêtue comme une tigresse du Bengale, le corps souple et sinueux, la démarche lente et ondulante, elle se déplace toujours avec une extrême prudence comme si elle posait les pieds sur des charbons ardents. De grands yeux verts percent son visage énigmatique où se devinent la ruse et la sournoiserie. J'ai tout de même tenté de l'approcher et de faire plus ample connaissance. Mais elle a toujours refusé de se laisser flairer. Dès que je l'approche, elle se dresse sur ses pattes arrière, toutes griffes dehors, prête à me crever les yeux, et me lance de terrifiants chsssh! chsssh! Presque tous les soirs à la brunante, elle vient faire son tour sur notre domaine pour chasser le mulot ou la taupe, deux espèces de bestioles qui inspirent à Bonobo et à Fuseline une profonde aversion.

Surtout les taupes. Ces petits animaux au pelage soyeux, affublés de membres torses terminés par de monstrueuses griffes aux ongles durs comme l'acier, creusent des galeries souterraines et vous labourent un terrain de jeu en moins de temps qu'il n'en faut pour le dire.

Il y a deux ans, notre domaine fut infesté de ces horribles mammifères. Il fallait voir le désespoir de Bonobo devant l'immensité du désastre et son impuissance à y remédier. Je ne pouvais lui être d'aucun secours. Un fox-terrier aurait sans doute déniché les premières taupes accourues et prévenu l'invasion. Mais moi, je suis une bergère teutonne de race et non une vulgaire ratière.

Bonobo a donc commencé par tendre des souricières à l'entrée de leurs galeries. Il en attrapa bien quelques-unes, mais se rendit vite compte qu'on ne détruit pas une armée de taupes à la souricière. Aux grands maux, les grands remèdes! Bonobo partit littéralement en guerre contre la troupe des talpidés. Il se procura des bombes d'un gaz mortel qu'il fit exploser à l'embouchure des taupinières. Le visage rayonnant d'un rire sardonique, il regardait le gaz fétide et jaunâtre parcourir les galeries de l'engeance maudite, colmatant les fuites pour conserver toute la puissance meurtrière de ses engins. Mon terrain de jeu tout entier fut converti en un champ de bataille destiné à devenir le charnier de dizaines de bataillons de talpidés. Mais horreur! Ces bestioles étaient-elles immunisées contre l'effet nocif de ces gaz? Jouissaient-elles à ce point de la protection du maître des enfers que toute tentative humaine de les détruire fût vouée à l'échec? Toujours est-il que quelques jours plus tard, elles avaient repris de plus belle leur travail de sape. Les corridors s'allongeaient, les tunnels se multipliaient, de nouvelles taupinées surgissaient, témoins hallucinants de la marche victorieuse de l'invincible légion chthonienne.

Un jour que Bonobo racontait son désespoir à un ami, ce dernier lui fit part d'un vieux truc traditionnel qui avait cours dans son village.

— Il s'agit, dit-il à Bonobo, de repérer les entrées des taupinières et d'y enfouir des boules à mites. C'est la seule arme efficace contre les taupes. L'odeur de naphtaline les incommode et les chasse du territoire en quelques semaines.

Toute farfelue que lui parût cette recette, Bonobo n'en tenta pas moins l'expérience. Il se munit d'une quantité industrielle de boules à mites qu'il enfouit consciencieusement dans les embouchures des galeries et des taupinées. Et, pour faire bonne mesure, il en sema d'abondance sur tout le domaine.

On dit que, dans ses corridors souterrains, la taupe voyage aussi vite à reculons qu'à l'avant. Mais hors de ses terriers, elle est complètement désorientée. Sa vue est tellement faible que la tradition populaire la prétend aveugle. Elle ne sort de son antre qu'à la faveur de l'obscurité. L'exode massif, s'il avait lieu, devait donc se produire à la nuit tombée. C'est sans doute ce qui se passa. Personne d'entre nous ne put observer le départ des taupes. Mais, en quelques brèves semaines, on ne vit apparaître aucune nouvelle galerie, aucune autre taupinée. On avait, semble-t-il, sonné la retraite et les taupes avaient fui, laissant derrière elles des mètres de galeries souterraines vides de leurs occupants.

Il n'est pas impossible que Sabine, la chatte tigrée, ait joué un rôle dans la fuite définitive des taupes. Douée d'un don merveilleux de scotopie qui lui permet de voir dans l'obscurité aussi bien qu'en plein jour, elle a peut-être remarqué quelques traînardes abandonnées sur le champ de bataille. Chaque soir, à la brunante, elle vient se mettre à l'affût, immobile, fondue dans le paysage. Et, plus d'une fois, je l'ai vue rentrer chez elle portant fièrement dans sa gueule une taupe encore chaude et frémissante. Suivant les ordres de Bonobo, je laisse Sabine chasser toute à son aise sur notre domaine. Par contre, mes efforts pour devenir sa copine sont restés jusqu'à ce jour sans succès.

ALPHA ET OMÉGA

Un jour que je causais avec Bonobo de nos lointains ancêtres, il me raconta l'histoire du premier homme moderne, Néanderthal qu'il s'appelait, apparu environ cent mille ans avant notre ère.

— N'est-ce pas à la même époque, demandai-je, qu'apparut le loup, l'ancêtre de mon ancêtre persan?

— Précisément.

— Tu sais, Bonobo, il existe une très jolie légende, qui raconte comment nous sommes devenus, les chiens et les hommes, les copains que nous sommes aujourd'hui. Verbaux l'a déclamée devant tout le monde au sabbat canin de l'année dernière. C'était tellement beau de l'entendre! Même les criquets avaient fait silence!... Tu veux que je te la dise?

— Toi et tes légendes! me dit Bonobo, d'un air taquin.

Je fis mine de m'attrister.

— Ne fais pas cette tête! Bien sûr que je veux l'entendre ta légende! Allons, raconte! Et mets-y le ton!

Je pris un air solennel, comme Verbaux avait fait au sabbat canin. Bonobo sourit... Alors, je récitai :

«Il y a de cela si longtemps que ni l'homme ni le chien ne s'en souviennent plus très bien. Une épaisse calotte de glace recouvrait depuis des milliers d'années tout le septentrion de la terre. Pour survivre à la grande froidure, les êtres vivants avaient dû reculer jusqu'aux lointains tropiques.

Au terme de cette longue hibernation, le soleil redoubla l'ardeur de ses rayons. Les immenses glaciers se liquéfièrent et les régions boréales furent de nouveau livrées à l'expansion de la vie sur la terre. Puis, des hommes reprirent la route du septentrion et vinrent occuper ces nouvelles terres riches de plantes de toute sorte et d'animaux de toute espèce. Pendant longtemps, ils vécurent de chasse, de pêche et de cueillette.

L'un d'eux se mit à observer une meute de loups installée non loin du campement. Il constata que ces bêtes, qui marchaient encore à quatre pattes, menaient tout de même une vie sociale comparable à celle de sa horde. Il nota que les loups pratiquaient des méthodes de chasse semblables à celles des hommes même si, plus rapides, ils pouvaient attraper plus facilement leur proie. Pas du tout effrayés par le voisinage des hommes, ils venaient souvent séjourner autour du campement, happant au passage des restes de gibier ou de poisson. Il remarqua finalement que ces animaux possédaient des sens beaucoup plus subtils que ceux des gens de sa tribu, qu'ils repéraient à distance toute présence étrangère ou hostile, avertissaient par leurs hurlements de l'imminence d'un danger et savaient organiser une défense collective efficace contre les prédateurs.

Alors, cet homme proposa aux membres de sa horde de cesser de tuer les loups et d'essayer de les retenir près du campement en leur donnant des restes de gibier et de poisson. Les années passèrent. La meute des loups et la horde des hommes vécurent en bon voisinage. Le loup fut proclamé totem de la horde. On cessa de le chasser et il devint l'objet de la vénération de tous.

Un soir, au retour de leur expédition, des chasseurs découvrirent un jeune louveteau abandonné par sa meute et l'amenèrent au campement. La joie de la horde fut à son comble. Elle possédait enfin son totem vivant! Chacun pouvait l'approcher, le contempler, le caresser, le vénérer par des gestes concrets. Des mères en lactation lui donnèrent la tétée; les enfants l'associèrent à leurs jeux; tous le couvrirent de tendresse et de sollicitude.

Le louveteau grandit et apprit à vivre en compagnie des hommes. Lorsqu'il fut en âge, il alla se chercher une femelle qu'il ramena auprès des hommes. Ils eurent des petits qui grandirent, vécurent et eurent aussi des petits en compagnie des hommes. C'est ainsi qu'une meute de loups devinrent les fidèles compagnons d'une horde d'hommes.

Les hommes apprirent à leurs loups à rabattre le gibier vers les chasseurs, à ramener au campement les bêtes tuées à la chasse, à vivre en paix avec les gens de leur horde et à les protéger contre les prédateurs et les étrangers hostiles.

Cela s'est passé après le grand sommeil hibernal, il y a plusieurs dizaines de milliers d'années. L'homme trouva le loup beau et bon et il l'appela chien.

C'est depuis ce temps que le chien vit en compagnie de l'homme, qu'il veille sur lui, qu'il l'aide à la chasse et dans beaucoup d'autres travaux, et qu'il est son compagnon fidèle et infatigable.»

— Fin de la légende, dis-je après un moment de silence. Jolie, tu ne trouves pas? Tu aurais dû entendre Verbaux la déclamer de sa voix ronde et chaude. Des tonnerres d'applaudissements ont salué sa performance.

— C'est une belle légende, en effet, dit Bonobo. Mais elle ne ressemble guère à la légende que t'a racontée jadis ton petit révolutionnaire de poche sur l'origine de votre prétendu esclavage.

— Je te rappellerai que le récit de Bouquin n'est pas une légende, mais un conte.

— Et quelle différence cela peut-il faire? Ses idées n'en sont pas moins pernicieuses pour autant.

Ce que j'apprécie dans le récit de Verbaux, c'est qu'il se fonde sur des faits concrets et vraisemblables, tandis que les élucubrations de ton petit copain aux grandes oreilles relèvent de la pure fantaisie. Ça n'a ni queue ni tête.

— C'est ce qui fait la différence entre la légende et le conte, répliquai-je d'un ton doctoral.

Bonobo se tut et devint songeur. Après un long silence, je lui demandai :

— À quoi songes-tu ? La légende de Verbaux ne te plaît pas ?

— Bien sûr qu'elle me plaît... Mais elle ne dit pas tout. Il existe entre nous quelque chose de plus profond que ces rapports matériels de chasse, de défense et de camaraderie.

— Comme quoi, par exemple ?

— Je ne sais pas. C'est difficile à exprimer... Cela fait appel à la fois à d'antiques croyances, à des instincts primaires et à d'obscures espérances, revêtus de toute une panoplie de symboles plus ou moins nébuleux.

— Comment veux-tu que je m'y retrouve, mon pauvre Bonobo, dans tout ce jargon ? Si toi, qui sais tout, tu te perds dans des énigmes indéchiffrables, comment veux-tu que moi, toute bergère teutonne que je sois, j'y comprenne quelque chose ?

— Vois-tu, ma petite Kami, les sages de tous les temps ont essayé de découvrir la raison profonde du caractère privilégié de nos rapports, des liens particuliers qui nous unissent. De temps immémorial, les hommes et les chiens partagent l'abri et la nourriture, subissent ensemble les aléas du climat et de la fortune, parcourent côte à côte forêts, déserts et glaciers, chassent, travaillent et peinent ensemble, s'aiment et se querellent, s'aident et s'exploitent, échangent des caresses, jouent ensemble, meurent ensemble. Même le cheval n'a jamais été aussi intime avec l'homme. On voudrait savoir pourquoi cela a commencé. En termes concrets, la question se pose ainsi: qu'est-ce qui a poussé la meute des loups, après la grande froidure, à venir s'établir à proximité de la horde des hommes et à se laisser domestiquer par eux? Pour répondre à cette question, ma petite Kami, la légende de Verbaux ne suffit pas. Elle ne fait que décrire, elle n'explique pas.

— Et toi, Bonobo, tu peux expliquer?

— Pas tout à fait, non! Mais je sais que des sages anciens ont inventé des histoires, des réponses symboliques à ce genre de questions. Ces histoires, on leur a donné le nom de mythes.

— Et tu en connais de ces histoires, de ces mythes?

Alors, Bonobo me transporta dans le temps mythique des hommes et des chiens, celui qui précède même la grande froidure de la légende de Verbaux.

L'un de ces mythes raconte que, lorsqu'un loup s'approcha pour la première fois du campement des hommes, ces derniers ont cru que leur ancêtre leur rendait visite, le premier de tous les ancêtres, à l'origine de toutes les hordes des hommes. Il revenait, croyaient-ils, du pays de la mort et devait leur servir de guide lorsque leur temps serait venu d'aller rejoindre les ancêtres. Puis, reprenant son ton doctoral, Bonobo continua :

— Les spécialistes ont donné à ce rôle mythique le nom de psychopompe. Les premiers hommes ont transmis cette conviction à leurs descendants et, depuis lors, la croyance universelle veut que le chien guide son maître dans la nuit de la mort tout comme il l'accompagne dans la clarté de la vie. Anubis, l'un de vos plus illustres ancêtres mythiques, faisait l'objet d'une grande vénération dans l'antique Egypte des Pharaons. Tête de chien sur un corps d'homme, il conduisait les âmes des morts à leur dernier repos. Il faisait la navette entre l'outre-tombe et le monde des vivants pour apporter aux hommes de la terre la lumière et l'apaisement.

— Hélas ! fis-je remarquer à Bonobo, mus par votre orgueilleuse volonté de connaître tous les secrets de l'univers, vous nous avez sacrifiés bêtement sur l'autel de la divination pour lire dans nos viscères l'avenir qui vous attend dans le monde noir de la mort et y surprendre les secrets des divinités souterraines. Comme si de savoir à l'avance ce qui vous attend dans l'au-delà allait y changer quelque chose.

Alors Bonobo me jura que ces boucheries sont aujourd'hui passées de mode.

— Peut-être, lui répondis-je. Par contre, de nos jours, des hommes livrent volontiers nos cadavres aux grandes écoles pour les soumettre à une infâme dissection sous prétexte d'instruire les apprentis vétérinaires des structures et des fonctionnements de notre organisme. Moi, je n'aimerais pas qu'on soumette mon corps à ces vilenies. Charcuté pour la science ou charcuté pour les aruspices, c'est la même profanation.

Alors, je tirai de Bonobo la promesse solennelle de ne livrer mon corps ni à la science ni à la cynomancie, mais de m'enterrer pieusement dans le fond de notre jardin et de planter sur ma tombe une belle azalée coralline.

— Est-il vrai, demandai-je à Bonobo, que le chien, ou plutôt le loup, soit l'ancêtre universel de tous les hommes?

— Beaucoup de récits l'affirment, me répondit Bonobo. Tu connais l'histoire du déluge? L'un des mythes du cycle du déluge raconte que, de tous les humains, une femme fut l'unique rescapée de ce cataclysme. Comme elle ne pouvait toute seule s'engendrer une descendance, elle se laissa séduire par un loup qui, de sa queue, lui mit le feu entre les jambes...

J'éclatai de rire :

— Moi, ce n'est pas avec sa queue que mon Doberman me mit le feu entre les jambes!

— ... car le loup, continua Bonobo comme s'il n'avait rien entendu, portait le feu dans le fouet de sa queue.

— L'ancêtre de mon ancêtre persan avait donc le feu à la queue?

— En effet, continua Bonobo sans même sourire de ma facétie, car, selon un autre mythe, cet ancêtre lointain était un héros civilisateur pyrogène.

— Un héros pyrogène? Qu'est-ce que c'est ça?

— Un héros civilisateur pyrogène, c'est un ancêtre qui, ayant fait la conquête du feu et s'en étant assuré la maîtrise, le répand sur la terre pour le plus grand bénéfice des hommes. Et oui, ma petite Kami, l'un de tes ancêtres fut un voleur de grands chemins. Il alla dérober le feu aux divinités célestes, peut-être même au Grand Esprit en personne, et l'ayant caché dans le fouet de sa queue, il revint en courant vers le campement. Au souffle de l'air, sa queue tout entière s'enflamma et, dans sa course éperdue pour apaiser sa douleur, il répandit le feu dans les champs et dans les forêts où les hommes n'eurent qu'à le ramasser. Ils en firent le symbole de la lumière, de l'amour et de la vie.

Bonobo avait replongé dans ses manies doctorales et semblait s'y complaire. Je tentai de l'en sortir par une autre pirouette.

— Vous autres les humains, coupai-je, vous êtes pleins de contradictions. Nous sommes vos amis les plus intimes. Vous nous tenez en grande estime et en grande affection. Au point que l'un de vos grands penseurs, Augustin qu'il s'appelait, aurait dit qu'un homme préfère la compagnie de son chien à celle d'un autre homme qu'il ne connaît pas. Par contre, il vous arrive de nous traiter d'une manière tellement ignoble que c'en est révoltant. Certains d'entre vous prétendent même que nous sommes ce qu'il y a de plus vil dans toute la création. Vous avez fait de nous le symbole de la lâcheté et de la servitude. Lorsque vous vous dites des mots doux, vous vous susurrez des mon petit lapin, mon pinson, mon chaton, mon loup même parfois, mais jamais mon chien ou mon petit chiot. Au contraire, vous vous servez de nous pour vous lancer des injures à la figure! J'ai déjà entendu un homme en colère appeler l'objet de son courroux chien sale et un autre, enfant de chienne et j'ai cru comprendre que ça n'avait rien d'élogieux. Si quelqu'un se montre irascible et hargneux, vous dites qu'il a un caractère de chien. Et pour exprimer votre appétit de vengeance envers quelqu'un, vous dites que vous lui réservez un chien de votre chienne. Pas très joli tout ça!

Mort de rire, Bonobo hoqueta:

— C'est sûrement ton petit révolutionnaire aux grandes oreilles qui t'a fourré ces idées dans la tête.

— Dès que je dis quelque chose qui ne te plaît pas, répliquai-je vertement, tu t'imagines que ça vient de mon ami Bouquin. Sache bien que, moi aussi, bergère teutonne de race, je peux avoir des idées personnelles. Et d'ailleurs, c'est d'une manière toute gratuite que tu traites mon ami Bouquin de révolutionnaire. Ne peut-on, en effet, s'opposer à tes opinions réactionnaires sans immédiatement être relégué dans une bande anonyme de séditieux?

— Bien sûr! Bien sûr! coupa Bonobo impatient. La question n'est pas là!

— Et où est-elle la question? demandai-je impertinente.

Mais Bonobo avait déjà repris son exposé doctoral:

— À propos du symbolisme du chien, tu n'as pas tout à fait tort. C'est ce qu'on appelle l'ambivalence du symbole: dans tout symbole, il y a le bon côté et le mauvais côté, le côté lumière et le côté ténèbres, le côté blanc et le côté noir, le côté jour et le côté nuit. Et le chien n'échappe pas à cette loi universelle de l'ambiguïté symbolique.

— Pauvre Bonobo, pensai-je, il ne s'en sortira jamais! Professeur il devint, professeur il mourra.

Désenchantée, je lui tournai le dos et allai m'étendre dans un coin d'ombre au fond du jardin.

Avec le temps qui passe, mes rapports avec mes maîtres deviennent plus paisibles. Je sens moins chez eux cet agaçant besoin de m'éduquer, pour ne pas dire de me dresser, de contrôler tous mes gestes, de surveiller toutes mes allées et venues. Leurs caresses sont moins assidues, moins impératives aussi. On me laisse plus de temps à moi toute seule, ce qui sied à mon caractère indépendant.

Fuseline est toujours aussi tendre, toujours aussi rieuse. J'aime bien lorsqu'elle joue à cache-cache avec moi. Il m'arrive de la laisser gagner, sinon la partie serait trop inégale. Elle n'a pas mon flair. Nos doux babillages de femmes s'avèrent d'une incroyable fertilité. Nous parlons de tous et de tout avec une étonnante désinvolture. Nous n'avons cure des graves problèmes de l'heure, pour reprendre l'expression de pédants réfléchis. Ce qui nous attire, nous retient et nous amuse, c'est le petit quotidien des gens, leurs petites joies et leurs petites peines de tous les jours, leurs idylles et leurs sautes d'humeur, leurs cocasseries et leurs fourberies, leurs petits gestes édifiants et leurs petits péchés, que nous prenons grand plaisir à pimenter de gloses espiègles ou aigrelettes.

Quant à Bonobo, on dirait qu'il se lasse de ses tics de professeur. D'un ton moins magistral, les

monologues s'abrègent, les enseignements se raré-
fient. Il devient, à l'occasion, aimable causeur: il
converse, il échange, il questionne, il écoute, il
doute, il s'amuse, il se tait.

Je suis arrivée à un âge où le bonheur se fait plus
discret, moins tapageur, moins frémissant. Avec le
passage des ans, je suis devenue moins ardente au
jeu, moins agressive dans les luttes sportives, moins
fendante dans mes rapports avec les autres. Je passe
désormais de plus longues heures tranquille, plon-
gée dans un demi-sommeil, la truffe entre les pattes,
jouissant de la sécurité que me procure la présence
voisine de Bonobo ou de Fuseline.

Dans ces moments de solitude bienfaisante, je
laisse mon esprit aller à la dérive, ballotté au gré de
pensées vagabondes, ressassant d'anciens souvenirs,
savourant des gloires passées, rêvant de félicités éter-
nelles. Je me laisse glisser dans une molle torpeur où
viennent s'éteindre tous les orgueils, toutes les
ambitions, toutes les convoitises. Je me laisse bercer
par les douceurs de la vie, oubliant les peines, les
misères, les travaux et les souffrances d'autrefois. Je
me laisse couler dans une onde sereine, libre de toute servitude et de toute perplexité qui troublent la
paix de l'âme. Les temps de la passion, de la viru-
lence et du parti pris sont révolus; voici sonner
l'heure de l'apaisement, de la compassion et de la
tendresse.

Il est facile à mon âge d'être bonne. L'expérience de la vie a assoupli mon jugement; la connaissance que j'ai acquise des gens, des bêtes et des choses m'a rendue plus simple, plus directe et surtout plus tolérante. Le bonheur est si simple au fond : il s'agit de se laisser exister, de n'avoir plus rien à regretter, plus rien à désirer.

— Tu fais l'éloge de la médiocrité! m'a reproché Zorba l'autre jour. On n'a pas le droit de se laisser exister, comme tu dis, d'attendre bêtement la fin. Il faut continuer de mordre dans l'existence, comme l'on mord dans un gigot qu'on lâche uniquement lorsque l'os est vidé de toute sa moelle.

Je dois admettre que Zorba prêche d'exemple. Il mord dans l'existence comme un adolescent. Le passage des ans ne l'atteint pas. Il continue d'accumuler les catastrophes les plus bizarres et d'en chanter et danser la suprême beauté. Son rire, énorme et communicatif, anime toujours le sabbat annuel. Il aime tellement la vie qu'il donne l'impression de ne devoir jamais la quitter. Mais la plupart d'entre nous portons, chacun à sa manière, les marques du temps : devenue mélancolique, Margo semble vouloir mourir d'ennui; le pauvre Verbaux, désormais aphone, se meurt de chagrin; le vieux Winston a rendu l'âme l'an dernier, mort sans avoir ri, comme beaucoup de sa race. Quant à Grisemine, elle n'en finit plus de vieillir : ses chairs adipeuses ballottent d'impudence et ses tétines pendent comme des méduses émaciées; son cerveau, ramolli autant que ses chairs, n'engendre plus qu'un pitoyable radotage; elle passe tout son temps à dire du mal de la vie, mais elle ne peut se résoudre à la quitter. Ce redoutable dragon de vertu, rabaissé à l'état d'une pauvre vieillarde aigrie, passe son temps à vanter le passé, à plaindre le présent et à craindre l'avenir. Lorsqu'elle mourra, ce sera tellement de mauvaise grâce que personne n'aura plus rien à regretter. Le linceul ne fait pas le mort, comme dit Bonobo.

Moi, je suis née à temps, comme tout le monde. Et j'espère mourir à temps. Contrairement à Grisemine, je préfère me donner la mort que perdre la vie. Je veux quitter ce monde en douceur et dans la dignité, m'endormir du grand sommeil avant d'être atteinte par les flétrissures du temps et les affres de l'agonie. L'autre jour, alors que Zorba me taquinait sur mon âge, je lui dis:

— Tu sais, Zorba, je ne crains pas la mort...

— Moi, coupa-il dans un immense éclat de rire, je suis fort aise de vivre!

— ... Ce que je crains le plus, c'est la honte de la décrépitude et les douleurs de la maladie. Au soir de la vie, que reste-t-il d'autre à espérer que des nuits paisibles et des journées sans souffrances? Mourir en santé, plutôt que de végéter comme la vieille Grisemine!

— Mais la vie est si brève! se plaignit Zorba. On n'a que le temps de l'aimer! On n'a pas le temps de la penser, la vie; on n'a pas le temps de comprendre pourquoi on vit, ni pourquoi on meurt. Les hommes prétendent que nous, les chiens, nous avons sept vies à vivre. Le problème, c'est que tu ne sais jamais laquelle tu es en train de vivre. Tu ne te rappelles rien de tes vies antérieures et tu ignores ce que sera ta prochaine vie. Tu ignores même s'il y en aura une autre ou si tu n'es pas en train de vivre la septième et dernière. Alors, à quoi bon se casser la tête? Il faut vivre à plein pendant qu'il en est temps, puisqu'on ne sait même pas s'il y a un après!

— J'ai entendu parler de ces sept vies que nous devons vivre. Il paraîtrait que notre âme a un cycle à vivre durant lequel elle doit animer sept corps différents et qu'après le septième, elle s'en va jouir du repos éternel dans une sorte de sérénité suprême que les hommes appellent le nirvâna.

— Dans chacune de nos sept vies, demanda Zorba, est-ce que nous sommes un chien de race différente? Moi, je pense que, de vie en vie, on devrait s'améliorer. Je me vois mal dégénérer au point de me retrouver dans la peau d'un minable caniche.

— Nous ne savons même pas si, dans nos vies antérieures, nous étions un chien ou autre chose et si, dans une vie ultérieure, nous serons un chien ou autre chose, un chat, un cochon ou même un homme.

— Tu crois vraiment que nous pourrions nous retrouver dans la peau d'un humain? Tu crois vraiment que, dans une autre vie, nous pourrions devenir des maîtres?

— Tu sais, Zorba, il ne faut pas se faire d'illusion. L'homme n'est le maître que du chien. Lui aussi a ses chaînes, même si elles sont d'or parfois. Moi, dans une autre vie, je voudrais être un lièvre, comme mon ami Bouquin, sans chaîne, libre comme le vent.

— Un lièvre! hurla Zorba dans un tonitruant éclat de rire. Un lièvre!... Libre comme le vent!...

Et l'écho de nos collines reprit:

— ... vent! ...vent! ...vent!

TABLE DES MATIERES

Achevé d'imprimer en novembre 1999
sur les presses de AGMV Marquis
Cap-St-Ignace (Québec)